茅盾文学奖
获奖作家短经典

Short Classic

苍老的爱情

苏童 ——

著

人民文学出版社

图书在版编目(CIP)数据

苍老的爱情/苏童著. —北京:人民文学出版社,2020
(茅盾文学奖获奖作家短经典)
ISBN 978-7-02-015548-4

Ⅰ.①苍… Ⅱ.①苏… Ⅲ.①中篇小说—小说集—中国—当代②短篇小说—小说集—中国—当代③散文集—中国—当代 Ⅳ.①I217.2

中国版本图书馆CIP数据核字(2019)第160653号

选题策划	付如初
责任编辑	付如初 樊晓哲
装帧设计	刘 远
责任印制	任 祎
出版发行	人民文学出版社
社　　址	北京市朝内大街166号
邮政编码	100705
网　　址	http://www.rw-cn.com
印　　刷	三河市宏盛印务有限公司
经　　销	全国新华书店等
字　　数	138千字
开　　本	787毫米×1092毫米 1/32
印　　张	6.75 插页3
版　　次	2020年3月北京第1版
印　　次	2020年3月第1次印刷
书　　号	978-7-02-015548-4
定　　价	29.00元

如有印装质量问题,请与本社图书销售中心调换。电话:010-65233595

出版说明

茅盾文学奖自1981年设立迄今,已近四十年。这一中国当代文学的最高奖项一直备受关注,获奖作品所涉作家近五十位,影响甚巨。其中获奖作品人民文学出版社所占的比例接近百分之四十,几乎所有的获奖作家都与人民文学出版社有过合作。这些作家大多在文坛耕耘多年,除了长篇小说之外,在中篇小说、短篇小说和散文等"短"体裁领域的创作也是成就斐然。

2013年,我们以全面反映茅盾文学奖获奖作家的综合创作实力为宗旨,以艺术的眼光,遴选部分获奖作家的中篇小说、短篇小说和散文的经典作品,编成集子,荟萃成了"茅盾文学奖获奖作家短经典"丛书,得到了专家和读者的一致好评。

此次再版,我们在原丛书的基础上,增添了第九届和第十届茅盾文学奖获奖作家的"短经典",一些作家的作品篇目也有所增删,旨在不断丰富丛书内容,让读者更加全面细致地了解这些作家的创作。相信该系列图书能够与我社的

"茅盾文学奖获奖作品全集"系列一起,为您完整呈现一代又一代茅盾文学奖获奖作家的创作实绩、艺术品位和思想内涵。

人民文学出版社编辑部
2020年1月

目　录

001　桂花连锁集团

057　红桃Q
068　古巴刀
079　吹手向西
089　小偷
102　蝴蝶与棋
114　水鬼
124　白雪猪头
136　飞越我的枫杨树故乡
149　骑兵
167　食指是有用的

179　河流的秘密
185　露天电影
188　过去随谈
193　八百米故乡
198　苍老的爱情

200 南方是什么
207 沉默的人

210 沉默,然后看见

桂花连锁集团

塔镇盛产桂花，一些在桂花树下长大的孩子，从小就掌握了与桂花交谈的诀窍，比如我本人。这事别人都不相信，不相信也罢，我现在不谈什么桂花，说的是一台装满桂花的手扶拖拉机的事。有一天，我鬼使神差地将这台手扶拖拉机弄到池塘里去了。

手扶拖拉机的车斗里装满了金色的桂花，它绕着松树塘转了好几个圈，一看就是晕头转向了。拖拉机手汗流浃背，对着秋天的太阳抓耳挠腮的，迷路的人总是这副愚蠢的样子。他迷路了。拖拉机手欠着身子看池塘，这有什么用？池塘从来不说话。我就站在路边，等着他来问路，可是他把我当成了一棵树，他把我当成了一个哑巴。后来他看到我了，拖拉机突突地向我冲过来，那人操着浓重的外乡口音问我，小孩，香料厂往哪儿走？但是他问得太迟了。我决定要让他付出代价。我指着香料厂相反的方向，退回去，从池塘那边的小路绕出去，一会儿就到了！那是好多年前一个秋天的下午，就在松树塘边，我看着运桂花的拖拉机向一个错误的方向前进，心怦怦跳着，我预感到谎言总会产生什么后果。果然,就在松树塘边,我看见拖拉机手突然惊叫了一声,那辆拖拉机像是被什么咬了一口。它先是跳起来,发出一种尖利的嘶鸣,然后便笨重地歪倒在池塘里了。我看见拖拉机手从池塘里仓皇地爬到岸上;这不算什么,更加令人难忘的场面是那些漂浮在池塘水面上的桂花。那些金黄色的桂花漂浮在水面上,全部复活了。它们以惊人的秩序和速度组成了花环的形状,山峰的形状,还有螺旋的形状,看上去美丽而大方。我听见那些桂花游泳划水的声音,而且它们在向我欢呼:干得好! 干得好!

我当时是在放学的路上。我记得拖拉机手跪在池塘边,他的头发、衣领以及膝盖都在滴水。他咒骂着,用手在额角上抹了一下,然后注意到我仍然守在树下。我看见他向我张开右手手掌,就像一个悲哀的魔术师,他亮出了一只血红色的手掌。必须承认我是被那只手吓着了,所以我拔腿便跑。我慌慌张张地绕过松树塘向镇上跑去,我没有来得及向后面望上一眼。如果我发现我的堂兄曹建立正在向拖拉机手走近,我就会多一个心眼,对于拖拉机事件我将准备好一套说辞,来摆脱我的干系。可我的后背上就是没长眼睛,我没看见曹建立。谁能想到这个疏忽导致了我和曹建立多少年的不平等关系! 后来在我们镇上,人人都知道我是一个不诚实的说谎成癖的孩子,我把一辆手扶拖拉机骗到松树塘里去了。而一提起曹建立这个名字我便百感交集,曹建立是个多么好的孩子,他把受伤的拖拉机手带到了镇上的卫生院,然后怒气冲冲地赶到我家门口,当众揭露了我在松树塘边的恶行。直到今天我还记得曹建立使用的那些并不恰当的措辞,他说我是骗子,说我是条害人虫,说我给塔镇的人脸上抹黑,这也就罢了,他还说我祸国殃民,这就让我觉得他是乱扣"大帽子"了。所以我当时就气急败坏,冲上去咬下了他的一片耳朵——当然,曹建立缺了四分之一的耳朵日后成为我一生的罪证,让我感到无法摆脱的羞耻。

开宗明义,我感到羞耻。许多年以来我一直感到羞耻,我一张嘴就说谎,我管不了自己的嘴巴。塔镇的乡亲们评论我说,那孩子聪明,就是没把聪明用到正道上去。你为什么那么喜欢说谎?你欺骗了人家,自己得到了什么好处?你有好处吗?自松树塘事件发生以后多少人这么谴责过我,我已经记不清了。我总是哑口无言,是呀,我得到了什么好处,有什么狗屁好处给我呢?就像拖拉机里的新鲜桂花覆倒在池塘里,只有池塘里的鱼儿得到了实惠,我又不能把那些湿桂花吃到肚子里去,我不是很愚蠢吗?我每次说谎以后,都能意识到自己这种绝望可笑的处境,所以我面对那些责问者时抓耳挠腮,眼神躲躲闪闪,心里则暗自期望某个奇迹的发生:让这些伶牙俐齿能说会道的人舌头闪了吧,别让他们喷着唾沫星子来骂我,救救我,让这些人变成个哑巴吧。我的堂兄曹建立,羞辱我的口气比毛主席的口气还大。毛主席还提倡治病救人呢,他却说我如果改了说谎的毛病太阳会从西边出来!现在我还时常想起在塔镇的一个屈辱的日子,想起曹建立和另外一些同学围着我,他们的手指几乎戳到了我的鼻子上,说,你为什么要造谣,为什么说姚老师生了一个怪胎?人家的小宝宝那么可爱,那么健康,怎么就是怪胎了?你说,你说呀,姚老师对你那么好,那么耐心,你凭什么造她的谣言?我记得那次我差点哭出声来,并不是出于忏悔之情,是一种无法申辩的痛苦让我热泪满面。我看见产后发胖的姚老师站在走廊上,身披一件桃红色的毛衣,白皙而丰润的脸上也满是泪痕。这个伤心过度的数学教师一定在后悔她对我曾经付出的爱,她预言我以后在数学领域会成为像陈景润一样的大人物;她还在课堂上劝告别的同学,不要抓住我的一些缺点不放,看人要看主流和大方向。可是什么是我的主流,什么又是我的大方向呢?她一定在后悔女人盲目的仁慈和乐观了。我记得那天塔镇弥漫着桂花的清香,他们就在桂花的香味中按部就班地审问我。审问没有结果,我始终保持沉默,但终于泪流满面。他们有点疑惑,一方面我的泪水代表了某种悔过之意,另一方面我的眼神却坚如磐石。以后还造谣不造谣了?曹建立看着我,又看看走廊上的姚老师,说,还不快去向姚老师道歉?我没有动。曹建立就推我,说,去呀,这次对你宽大处理,以后你再造老师的谣,哼——我还是挺坐在椅子上,我就是不愿意听从曹建立的摆布,而且我的眼泪很快就干了。曹建立这种拉拉扯扯的举动不仅没有制服我,反而引起我新的冲动。我突然推开曹建立,我没有造谣!我用接近挑衅的语调向他们怒吼起来,没有就是没有,你们说我造谣有什么证据?然后我就逃走了。我跑过走廊的时候,注意到姚老师伸出一只手,似乎要抓住我,但我像一匹红鬃烈马一样从她身边飞驰而过。她没有抓住我,身上披着的毛衣却落在了地上。那是一个特殊的具有纪念意义的日子,我不仅说谎,而且对谎言矢口否认。塔镇的桂花因此散发出无比悲哀的香气,纷纷从树枝上摇落在地。那年秋天塔镇桂花严重歉收,我怀疑桂花也像塔镇人一样,对我充满了偏见,就连桂花也要把歉收的责任记在我的账上。

他们一直要求我重新做人,同时一丝不苟地把我的恶行记录在案。看看我从小学到中学再到供销社的档案吧,学习成绩优良,工作表现也积极,问题都出在思想品德方面。该同学(同志)——他们无一例外地指出我的致命缺点——不诚实,撒谎成癖。我记得有一个老师故作深刻,说我愚弄了别人也愚弄了自己。我还记得当我二十岁那年离开塔镇的时候,曹建立受组织委托来为我送行。在我欢天喜地跳上开往大城市的长途汽车时,曹建立的脑袋伸进车窗,对我说,到了大城市,以前的毛病得好好改了。我看过你的档案,你没有别的污点,就是说谎呀。我仍然否认,我说,你他妈才说谎,我从来不说谎。曹建立这时候就把脑袋小心地转了半个圈,将他残缺的左耳朵对着我的视线。他非常狡诈地向我挤着眼睛,看看我的耳朵,说,以后说谎的时候就想想我的耳朵,想想我为了挽救你,付出多大的代价!

我为塔镇贩运和出售桂花。

改革开放在塔镇那种地方更多的是刷在供销社墙上的标语口号,这么神圣壮观的浪潮在我现在居住的大城市中才具备滚烫的温度。我在天城为塔镇贩运和出售桂花已经好多年了,不管我在塔镇的父老乡亲是否承认,我现在就代表着塔镇的桂花,甚至代表着塔镇。每年深秋季节,我在天城的环城公路上,迎接来自家乡的一年一度的桂花,几个笨头笨脑的不辨方位的塔镇司机在我的引导下,将塔镇著名的桂花一车一车地运进大城市。浓烈的桂花香再次提醒我,我的命运就是桂花,桂花就是我的命运。而我从司机们注视我的眼神中发现,这么多年来,我仍然是他们关注的人物。六骗子,让我们看看你的能耐吧;六骗子,把你的聪明用在正道上吧;六骗子,用桂花的荣耀来洗清你的耻辱吧。

一个大城市需要多少桂花?这儿的化工厂、牙膏厂、食品加工厂、糖果厂、冷饮厂一年需要多少桂花?这本是桂花树自己的事务,可是桂花树没脑子,光顾生产不管销售,麻烦事都推到了我的身上。我二十岁那年开始在天城地区奔波,手里提着一个装满桂花的塑料袋,嘴里摇晃着三寸不烂之舌——多少人的鼻子检测了塔镇桂花的香气!我问,香不香?人人都说,香,确实是香。我说,不是一般的香,是天下第一香,现在让你们免费闻,以后就轮不到你们闻了,以后特供中南海,级别低一点的中央领导都不一定能闻到!刚到天城的时候,我和桂花对这个城市都是个悬念。邻居家是一对母子,小男孩在空地上骑三轮车,年轻的母亲倚靠在墙上,一边打毛线,一边看管着小男孩。第一次小男孩问他母亲,那人是干什么的?他母亲说,是租张大爷房子的房客,不知道是干什么的。第二次小男孩问他母亲,那人手里拿的是什么?很香!年轻的母亲吸紧鼻子嗅了嗅,装得见多识广的样子:桂花,那人是个卖桂花的。后来那男孩看见我就大叫一声,卖桂花的,你为什么要卖桂花呀?对一个孩子,我没什么可吹的,我就对他说,我们塔镇穷,什么都没有,就有桂花,别人都卖这卖那的,我们只能卖桂花。孩子对我难得的坦诚却不领情,你骗人!他瞪大了城里孩子常见的警惕的眼睛,说,桂花又不能玩又不能吃,没人要买你的桂花!我说,怎么没人买,我们塔镇的桂花,天下第一香呀。我就掏出一把桂花放到孩子鼻子下让他闻,没想到孩子让桂花香冲了一个大跟头,从小三轮车上摔到了地上——有人讥笑我了,说我利用一切机会为塔镇桂花做广告,我发誓这是真事。那孩子的母亲后来看见我就紧张,说,卖桂花的,你离孩子远点!

卖桂花的。这行当使我在天城的街道上显得形迹可疑,这怪不得塑料袋里的桂花,也怪不得塔镇的领导,我这一生本来也很可疑。那年头好多外地人在天城走街串巷,温州人推销他们的皮鞋,泰兴人推销他们的麻将,皖南人沿街叫卖黄山茶叶,我卖的就是塔镇的桂花,天下第一香。可是人家对"天下第一香"不感兴趣,泰兴人用两副麻将牌从温州小贩手上换来了一双皮鞋。我的鞋子走烂了,提着一大袋桂花找到温州人那里,那家伙竟然对我说,不换,我要桂花有什么用?桂花换皮鞋,亏你想得出来,你怎么不去扫一堆树叶来跟我换皮鞋?你们听听这些利欲熏心的小人是怎么看待塔镇桂花的,要说屈辱,我受到的最大屈辱就是这个桂花换皮鞋的屈辱。当时我就发誓,哪怕我光着脚也不找温州鞋贩了,谁的东西更珍贵,谁说也不算,以后让商品经济来评判,以后哪怕你这温州鞋贩拿着美元来抢购塔镇桂花,也休想拿走我一撮桂花末子!

打江山的日子一言难尽。创业的艰难让劳动模范去说,我懒得去说它。那些塔镇的乡亲们最想知道的还是大骗子如何将聪明用在正道上了。我在天城的生活其实也是以说谎为主，但是由于角色的变迁，你推销桂花，即使你把桂花说成是梅花或者桃花也没有人再计较，买卖就是那么简单，结果反正是两种，成交，或者不成交。你诚实没用，你说谎——也没用。刚到天城时我经常面对着满屋子的桂花发慌。我问这些被晒干了的香喷喷的桂花，说，怎么能把你们都卖掉？一屋子桂花齐声回答，说谎，说谎，把我们都卖光！不骗你，我确实听见了桂花的声音，我感觉到桂花对我的成见比我堂哥曹建立还要深。它们自以为了解我，逼迫我把它们都卖光，说到底是让我将功赎罪。我听懂了桂花喧闹背后的潜台词：你不是谎言专家吗，现在用你的谎言去为塔镇创造财富吧！

我是在远离了塔镇以后，才对自己的品行进行反思的。在天城，人们干什么都唯利是图，他们才不关注一个桂花推销员的品行呢，冷落一个人的谎言有时比忽略一个人的美德更加令人扫兴，我体会过这种心情。我的房东租房给我的时候，问我是不是单身，我看出他的意思是不喜欢单身汉，就说我结婚了。他说结婚了好，结过婚的比较安定。没几天，我在房东的煤气炉上煮面条的时候，房东过来与我搭讪，说，你妻子什么时候过来？过来就好了，能好好吃饭了。我脱口而出，我单身，就这么吃饭。我当然立刻回想起那个小小的谎言，我以为他会指出我说谎的事实，但是这个衣冠楚楚的退休工会干部只是抹了一下衣袖，慈祥地微笑着问我，那你什么时候结婚呀？有没有对象，要不要我在这里给你介绍一个？我也不客气，说要，要啊。结果你猜怎么样，他立刻就往厨房外面走，说他要去收衣服，介绍对象的事情以后再说，以后再说。

这里是大城市,与塔镇风气不同,我难以判断这城乡差别对我是福音还是不测。就拿我的房东老张来说,他的宽容与刻板同样让我措手不及。举个例子,他说他有高血压,我就即兴地编了一套谎话,让他拿一些桂花就着红糖水喝下去。结果他拿了个篮子进了我的仓库,足足装了有四五斤桂花走,他根本就不考虑我的偏方是否有科学道理。后来我发现他老伴每天用这些桂花做桂花圆子当早餐,这不去说它,几天后他来要房租,我那会儿非常拮据,关着门装睡觉。那老头,他就站在外面敲了半小时的门!是我面子上先下不去了,对他嚷嚷道,不是告诉你迟两天缴吗,你怎么能这样敲门?这下老头恼火了,他说,我不这样敲你还在装死,没见过你这样的年轻人,说话不算话,定好了今天缴房租,怎么可以言而无信!我几乎是出于惯性,对着门外说,等到后天我就有钱了,我多给你五十怎么样?老头在外面先是发出一声冷笑,然后是更加愤怒的敲门声,你还在骗我?你以为我看不出来?你是个骗子!乡巴佬跑到大码头来骗人,哼,你小心我去派出所,小心让公安把你铐走!

我从塔镇那样封闭而保守的小地方来,到了大城市是准备接受别人再教育的,可我从来没想到会遇见老张这样的机会主义分子。你看他是怎么对待我的谎言的,事不关己他就高高挂起,可是为了一百块钱房租,听听他是怎么威胁我的!我当时就明白这些大地方人是怎么回事了;我当时就明白了,天城的这个房东,比塔镇的堂兄曹建立可恶了一百倍。

塔镇的领导决定在天城设立桂花办事处,是我到天城创业第三年的事。发展是个硬道理。科技要发展,教育要发展,第三产业要发展,桂花业当然也要发展。卖豆腐的都在天城街头挂牌了,塔镇的桂花为什么不能挂牌呢?挂牌之前我已经得知自己的职务是办事处副主任了,领导正在研究,派谁来当这个正主任。我没有什么牢骚,我有自知之明。领导暗示我,让我当办事处副主任已经顶了很大的压力了。我相信他们有压力,我相信这两年我对桂花的贡献并不能改变我在塔镇人心目中的形象。他们会说,卖桂花是卖桂花,狗改不了吃屎,那家伙反正不是个好东西。

我没有想到他们派曹建立来。有一天,我正忙着粉刷办事处的简易房,看见窗外有个人的脑袋一晃一晃的。我眼尖,一下就看见了那只残缺了四分之一的耳朵,我差点就从梯子上摔下来。只有我自己了解曹建立的出现对我的打击是多么沉重。我听见曹建立在外面喊我的名字,我不敢答应,只是孤立无援地看着墙角里堆放的桂花。那些桂花现在对我很有感情,它们直着嗓子叫起来,不要,不要,不要!我说,不要也得要呀,他来了。然后我看见曹建立风尘仆仆地闯了进来,我听见我的桂花一齐冲着他嚷嚷起来,走开,走开,走开!我过去把桂花码放整齐,安抚了它们的反抗情绪。我说,他是主任,我是副主任,你们要尊重他。桂花又齐声反问,为什么?为什么?为什么?我有点不耐烦了,向它们踹了一脚,说,没有什么为什么,他诚实,我爱说谎!他是正的,我是副的!

曹建立后来告诉别人我的脑子出了问题,说我经常一个人嘴里嘀嘀咕咕的,说的就是我对桂花的倾诉。我的牢骚我的心事,还有我对社会的看法,我都对桂花说,反正它们不来批评我,也不来教育我,更不会向领导打小报告。反正我和曹建立弄不到一起去,你们自己想想吧,水和油怎么合作,鲜花和狗屎怎么合作?遇到这么官僚主义的行政任命,让我怎能不苦闷?我和曹建立,你让我们怎么合作!

说来奇怪,曹建立来到天城后的几天一直下雨。天上灰云笼罩,人和房子都麻木地浸泡在雨水中,汽车和自行车慌慌张张地从桂花办事处的窗前通过,这使曹建立感到城市生活沉闷无聊的一面。他就跟我说话。他说,如果下雨,你就一直坐在屋子里,不出去玩玩吗?我说,我不出去,我找一个女孩子,不,有时候找两个女孩子来,陪我说话,还陪我上——我知道曹建立会听不下去。他果然打断我的话说,我不是那个意思,为什么说到玩就是女孩呢?他用一种嫌弃的目光瞪着我,紧接着他笑起来,指着我鼻子说,又瞎编了,一个女孩不够,还两个女孩呢,喊,狗改不了吃屎,你就是没真话可说。我说,我跟你说真话,你又不相信。有一次我找了三个女孩来,一个替我剪指甲,一个替我洗头,最漂亮的那个,陪我上——我就知道他会再次打断我。他挥手推搡了我一把,说,赶紧给我闭嘴,你他妈的说谎没个够,跟你这种人,就是没法交流!我看看外面的雨,再看看曹建立愠怒而消沉的脸色,感到一丝内疚。对曹建立,最友善的办法就是不跟他说话。可你看到了,桂花办事处就我和曹建立两个人,不跟他说话能行得通吗?想到未来与曹建立相处的日子,我忧心如焚。我闻到桂花在阴雨天里散发出异常尖锐的香气,它们在大塑料袋里向我招手示意,好像有什么锦囊妙计对我说。我就走过去了,这时候发生了一件不同寻常的事,有一小撮桂花急匆匆地从塑料袋里泻出来,对我耳语道,教他说谎,教他说谎,教他说谎呀!我被我的这些桂花朋友吓了一跳,不由得回头向我堂兄曹建立看了一眼。我看见曹建立皱着眉头站在窗边,侧着脑袋在看什么人,是一个打着雨伞走过的年轻美貌的姑娘,姑娘的身影酷似他的妻子潘丽霞吗?那个瞬间曹建立的表情也许是一生中最脆弱最浮躁的。我不得不承认桂花比我更敏锐,它们乘虚而入的建议与其说是个阴谋,不如说是一种战术。我信任桂花,于是我走到曹建立身旁,非常自然地迫使他说出生平第一个谎话。我说,是不是想家了?曹建立迟疑了一秒钟,斩钉截铁地说,不想,想家干什么?这样的谎话不够彻底,我瞥见他的化纤裤子处不正常的褶皱,于是我问他,也不想小潘?也不想女人?曹建立瞪了我一眼,抓了抓裤子,说,少跟我来这套,想她干什么?他的眼睛中掠过一丝惘然之色,这大概是一个诚实的人说谎时必然的流露。然后我期待的事情就发生了,作为一个性欲亢进的青年男子,曹建立突然说,我从来就不想女人!我看着曹建立涨得通红的脸,某种恻隐之心让我感到自己的阴谋过于残酷了,但我怎么能将别人的谎言塞回他的嘴里?说谎了就是说谎了,一切都无可挽回了。我听见办事处里到处堆放的桂花在鼓掌欢呼,曹建立,说谎啦!曹建立,说谎啦!

对我堂兄曹建立的改造是个大工程,毫不夸张地说,这比管理一个占地一百亩的桂花林还有难度,但我至今否认这是一件邪恶的事情。我教他承受谎言,教他附和谎言,甚至让他亲口说谎,并不是为了我的一己之利,是为了我们塔镇,为了桂花办事处的工作更加顺利地进行。

在国营大企业百花食品厂的办公室里,我和曹建立面对的是一个老奸巨猾的供销干部老黄小姐。事先我告诉过曹建立,老黄小姐是我们的谈判对手,这个四十岁的小姐最爱听的奉承就是年轻和美丽,还有就是她的脸型酷似著名演员潘虹。但是一进办公室我就发现曹建立弄错了方向,他对老黄小姐不感兴趣,对那个无足轻重的负责打字的小黄小姐却表现了过多的殷勤。我趁人不注意的时候强行把他的身体扳向老黄小姐这一边,他就勉勉强强地对人家咧嘴一笑,说,你长得很像刘晓庆呀!结果弄得老黄小姐一脸不高兴,说,谁像她呀?我知道在曹建立的心目中两位女明星是一回事,可人家老黄小姐不这么看。她后来就一直别别扭扭的,说,你们塔镇人,除了种桂花卖桂花,什么都不知道嘛。这不去说它,我在天城这几年,什么难听话都听过,不跟她女流之辈一般见识,我恼火的是曹建立在一旁的表现。我对老黄小姐说,今年塔镇桂花减产了——曹建立就插嘴说,谁说减产了?今年桂花收成比前年还好!他根本就不琢磨我的用意就来纠正我,就像他从前习惯的那样,他认为大丰收代表着塔镇的荣誉。我说,今年桂花的价格可能要提高一些——曹建立又说,提价上面还没批,你们老客户,我们互惠互利嘛。我看见老黄小姐忍不住捂着嘴笑,小黄小姐也在后面咯咯笑出声来。我怒视着曹建立,让他认识到自己的言行是多么愚蠢,可曹建立毫无惧色,他的倔强一定是来自多年来与我共处时建立起来的优势。我看见他用更愤怒的眼神盯着我,而且还恶狠狠地启动嘴唇,虽然没发出声音,但我还是听见了他固执的批评:骗子,骗子,不准骗人。我积聚多年的仇恨在一瞬间迸发出来了,我扔掉了手里的一袋桂花样品,扑上去,狠狠地打了曹建立一个耳光!

这个耳光把在场的所有人都打傻眼了。老黄小姐和小黄小姐都是花容失色,站起来拉我的手,说,怎么打起来了?你们是搭档,怎么打起来了?曹建立的反应出乎我的意料,他只是在脸颊上象征性地摸一下,那只手急促地捏住他的耳朵,先是左耳,然后移向右耳,最后他的手停留在左耳朵上不动了。他失神地望着我,忽然发出一种尖利的冷笑,然后我看见他向我抖动他的左耳朵,就是那只被我咬过的耳朵。这是撒手锏,他知道我对那只耳朵的恐惧。我不敢看那只耳朵,我低下头看洒在地上的那些桂花样品。我听见桂花样品在埋怨我,丢脸,丢脸,丢脸!桂花从来是公正的,这次它们指责的是我,我也不再狡辩。我把曹建立丢在那里,一个人跑了。

无论如何这是别人嘴里的一个笑柄。从百花食品厂归来后的一个星期,我与曹建立没有说过一句话。这事对我很容易做到,我可以和满屋子的桂花说话。桂花是仁慈的,富有献身精神的,它们不堪忍受办事处里冰冷的敌对的气氛,按捺不住地劝告我,不要内讧,不要内讧。我说,不是我要内讧,是他不合作。我看见那么多桂花都掉头对曹建立说,要合作,不要内讧! 曹建立却听不见,他在打长途电话,向塔镇的领导汇报桂花办事处的工作。他说工作很难开展,说我和他经营观点有分歧。我听见他用一种非常痛苦的语调问,办事处的工作应该听谁的?长途电话在这里出现了长时间的停顿,我能猜到塔镇的领导会说什么。这里的桂花先焦急地嚷嚷起来,共同协商!共同协商!领导果然也是让我们共同协商。曹建立的表情看上去又焦虑又惘然,放下电话的时候咕哝道,共同协商?共同协商是听谁的?等于没说嘛。

曹建立的嘴上先是起了一个水泡,紧接着冒出葡萄似的一串。用我们塔镇的话来说,这是让火气烧出来的。我能感受到他心中的焦虑,但我就不上火不焦虑了吗?这是非常时刻,如果我与曹建立多年来的较量是一场战争的话,现在就是淮海战役了,是诺曼底登陆的时刻了,不是他跨过我的长江,就是我登上他的诺曼底。有一天,他上街带回一瓶白酒和好多卤菜,说要和我协商工作,我知道协商对于他就是缴械投降,酒菜都是白旗。胜利的曙光使我胃口大开。我听见他说,你做买卖在行,桂花市场主要由你开创的,现在还是你做主,我协助你。我说,怎么个协助法?我说东你就说西?他尴尬地笑着说,我不说话,让你说,我就做个哑巴。我说,光做哑巴还不行,你得在一边附和,帮着说。他叹了口气,说,我懂,就是你在扯谎的时候我要帮你圆谎。我在判断他的表白具有多少诚意,他说着说着就露出了狐狸尾巴了,以后我学乖,你就是对客户说你是毛主席的小儿子,我也不管了,我就在一边说,你就是毛岸青的弟弟。他说,以后我什么也不说,就负责给你帮腔,你说塔镇的桂花能做原子弹,我就说,已经发射成功了!我听他话越说越不顺耳,就急眼了。我反问他怎么就知道桂花不能制造原子弹,谁也没试过,怎么能证明那是扯谎?曹建立让我一下问傻了,结结巴巴地说,桂花原子弹,那你去造呀?我借着酒劲拍案而起,塔镇为什么落后,根子就在你们这些人身上!商业社会,公关技巧是门艺术,你懂不懂?如果说个谎,能把二等桂花卖特等价,你说不说谎?曹建立便嘿嘿地笑,说到办事处的业务时,他的责任心就掩盖了道德观,我知道他的弱点。我当然要利用这个弱点。我说,如果说个谎,我们办事处能多赚五万元,五万元能给塔镇办多少事?啊?让你多赚五万元,你说不说谎?曹建立诚实的禀性使他躲开了我煽动性的眼神,嘟囔道,五万元不多,如果多交十万元,那我们办事处的贡献就大了。我抢过他的话说,十万元也不难,就看桂花是怎么推销的。曹建立眨巴着眼睛,委屈地说,我不是说了吗,我协助你,你说怎么推销我们就怎么推销。我说光有态度还不行,得有行动。他紧张地瞪着我,问,你到底什么意思?我就打开天窗说亮话,从今往后,收起你那一套,为了塔镇的桂花,为了这个桂花办事处,你要学习说谎,我一个人说不行,我们两个人一起说!我看见曹建立像是被什么咬了一口似的,从椅子上弹了起来,直视我的目光像个受惊吓的孩子,我甚至发现了他眼睛里的一星泪光。他说,你在为难我,你是故意为难我。他侧过脑袋,我提防他又向我展示他的左耳,就转过脸望着窗外。我说,谁天生爱说谎?我是说谎说惯了,你现在也得说,跟我一起说,不说不行,不说就散伙!我看得出曹建立是怎么一点点地崩溃的。他的屁股在椅子上扭来扭去的,一杯酒拿起又放下,最后他仰起脖子灌下一杯酒,说,好,我答应你,说谎!我看他眼睛里的泪光越来越亮,心中有些不忍,但我想斩草要除根,于是我说,记住,不是为我说谎,是为了塔镇!他慢慢点头说,对,为了塔镇,我们要齐心协力。我说,齐心协力也不是那么容易的,关键是统一认识。他听我说得机巧,脑袋又向我凑近了。我正好看见他的左耳,这使我的气焰收敛了好多。我就看着办事处堆放的那些桂花,换了一种心平气和的语气,比如就说扯谎这事,我说,现在我们一定要统一认识,桂花能卖掉、能卖好价钱,什么话都是真话;桂花卖不掉,什么话都是谎话!我说出最后这句话的时候,就意识到我是真的胜利了。曹建立悲哀的眼睛里突然冒出一团炽热的火花,然后他就猛地拍了一下我的肩膀,大叫一声,说得好,这下总算把我说明白了!我们,他妈的,为了塔镇,为了桂花,说谎、说谎,他妈的,就要说谎!

那是多么神奇的夜晚呀!连桂花都在为我和曹建立的结盟欢呼叫好,它们让我们干杯,我们干了好多杯。感谢桂花办事处,感谢塔镇的领导,感谢桂花,感谢桂花市场,他们让我和曹建立团结起来了,一个划时代的夜晚!我的眼睛后来湿润了,只有我自己知道这眼泪为什么而流,我为一种前所未有的轻松而流泪。这个夜晚,我依稀看见了多年前在松树塘迷路的拖拉机,看见我和曹建立一起打捞着池塘里漂浮的桂花。醉意蒙眬中,我听见周围响起一片鼓掌声,有个庄重而热情的声音在我们耳边不停地回荡着:精诚合作,共创未来!未来!来!

桂花办事处处理与桂花有关的业务,这个城市市场上出售的许多食品与我们有关。桂花圆子、桂花年糕、桂花糖、桂花饼、桂花藕粉都吃到人们肚子里去了。如此消亡的塔镇桂花算是幸运的,最不走运的是那些被提炼成香料混在香皂、牙膏和花露水中的桂花,它们只是被制造成一种香气,在人们的日常生活中轻描淡写地一闪而过。我与桂花打了那么多年交道,我能听见被一袋一袋出售的桂花的抱怨。它们在抱怨塔镇发展桂花业的盲目和失控,他们大批地开垦桂花园,却等不及漫长的花期,学会了使用各种农药化肥让一棵幼小的桂花树提前开花。于是我看见了那些早熟的奇形怪状的桂花,它们看上去像金色的塑料碎片,或者像纸屑,手指一捻就碎了,竟然没有韧性。塔镇桂花的香气闻起来也非常勉强,我说,你们怎么啦?桂花就一齐向我控诉,去问他们,去问他们!我怜惜桂花,抓起一把桂花问,你们怎么湿漉漉的?怎么晒不干呢?那些桂花就说,我们天天感冒,打喷嚏!我说,怎么会感冒打喷嚏呢?桂花就嚷嚷起来,让农药熏的,让农药熏的!我放下那些病歪歪的桂花,又抓起一把细碎的等外品桂花,说,你们怎么忸忸怩怩不肯长大呢?等外品不值钱呀。那些桂花就冤屈地叫喊起来,不是我们没长大,野蛮操作,是野蛮操作呀!我还在桂花末里找到了许多桂花叶子,我问那些桂花叶子怎么混进来的。桂花叶子更加冤枉,它们为自己申辩说,是机器把我们扫进来的,我们愿意留在树上,是机器摘花乱摘一气呀。

我能与桂花交谈,所以我最早意识到塔镇桂花出了问题。我尽量抚慰受到粗暴待遇的桂花,并且直言相告,它们必须忍辱负重,为塔镇的经济腾飞献出一切。桂花们心里有气,齐声责问我,为什么?为什么?我其实也不能解答这个疑问,被逼急了就出口伤人了,谁让你们是桂花,是桂花就是这个命!我看那些桂花犟头犟脑不服气的样子,忍不住一语道破天机,别以为你们是"天下第一香"就骄傲了翘尾巴了,那也是被我们炒作炒出来的,塔镇桂花怎么啦,能卖的都得卖,不能卖的想方设法也要卖!

我向曹建立反映了桂花的问题,更重要的是反映塔镇新兴的桂花业从业人员的问题。但曹建立那会儿被繁荣的桂花市场冲昏了头脑,对我说,顾不上这么多小问题了,我们要开拓北京市场,我们要开拓上海市场,还有广州市场,上面还要筹备桂花连锁集团呢!

那是曹建立在桂花办事处最辉煌的时期。现在我想起他穿着杉杉牌西服,夹着鳄鱼皮公务包出入天城的食品企业和酒楼歌厅的情景仍然百感交集。古人所说的"青出于蓝而胜于蓝",说的就是我与曹建立的关系。他是桂花大王。桂花大王,起初这是我与他一起出去谈生意时的口径。我向别人介绍说,这是桂花大王。后来他把这个称号印在了自己的名片上,曹建立后来被我改造成一个什么样的人?他的名片就是一个说明。

曹建立疯狂的言行我其实早注意到了。最初他的谎言是根据我的思路和口味编造的。比如他告诉我们的客户,他刚刚从南非归来,与南非的香水制造商共同开发桂花系列香水,说他顺便去拜访了著名民权领袖曼德拉。别人问他,你去拜访他干什么?谈桂花吗?他的回答也沿用了我的风格,说,是呀,是谈桂花,我们想让他为桂花香水做广告。平心而论,这样的谎言是有利于桂花办事处的业务的。但人在说谎这事上的潜能也是不可估量的,曹建立后来越说越离谱,越说越没有意义。我记得有一次和一个来自浙江的香精业务员谈生意,谈得好好的,他突然告诉对方,明天不能回浙江,明天浙江闹地震。那个年轻的业务员瞪大眼睛说,骗我吧,你怎么知道明天浙江要地震?电台说的?报纸说的?曹建立挥了挥手说,电台没说,报纸也没说,是我曹建立说的。等着吧,明天浙江地震,七点五级地震。我惊讶于曹建立说谎的不计后果,事后我问他为什么要扯这种谎。他一时语塞,承认自己没必要说这种谎话,但他又强调自己的身不由己,说,我忍不住呀!看他一本正经的样子,我忍不住想骗他!

我造就了一个比我更疯狂的骗子,这也是我始料不及的。我一直以为曹建立是一辆红色拖拉机,我是那个拖拉机手,我以为我能驾驭他,但后来我就失望了,他竟然骗到我的头上来了。他告诉我,我一直喜欢的一个香港武打明星娶了一个泰国人妖做老婆,我不相信,他就要跟我赌一千元钱。你不相信他他就下一千元赌注,这是曹建立最常用的伎俩。别人往往被他吓倒,我可不会上他的当。后来证明那武打明星娶的是一个息影的女明星,人家根本不是人妖,白纸黑字的消息登在报纸上。我拿着报纸去找他,他却把打赌的事赖了个干干净净。一千块钱是小事,拿不到我也不计较了,我不能原谅的是关于他妻兄的谎话。他告诉我他妻兄在广东混得很好,负责一家上市公司的财务,能弄到这家公司的原始股股票。我那会儿也是让社会上的股票热冲昏了头脑,又觉得曹建立骗谁也不能骗我,就交给他五万元,差不多是我所有的积蓄了——说这事也是丢我自己的脸。塔镇的乡亲们会说,六骗子让曹建立骗了,那太阳真是会从西边出来了!我没脸说这事,就是想说曹建立当时接钱的手,想起那只手我就追悔莫及。曹建立抓钱的手一直在颤抖,我还说,你抖什么?投资就要花血本!他问了我一句,吃饭的钱你还有吧?我当时觉察到曹建立有点异样,但我和塔镇乡亲犯了同样的毛病,学会了用发展的眼光看待社会,却没学会用发展的眼光看待曹建立。他是曹建立,我是六骗子,打死我我也不信,曹建立,我的堂兄曹建立,骗到东,骗到西,最后骗到了我的头上!

一切都是有预兆的。起初我注意到塔镇桂花对曹建立的仁慈的挽救。曹建立出门去找那个欧阳小姐时,塔镇的桂花一起行动起来,它们搬动自己轻盈的身体,挡住办事处的出口,对曹建立喊,堕落,堕落,堕落。曹建立听不懂桂花的劝阻,而且还不领情,他总是飞起一脚把桂花袋子踢向一边,嘴里还骂骂咧咧,骂讨厌的桂花也跟他对着干,怎么总是来挡他的道?曹建立一走,我就听见桂花掉过头来齐声谴责我,教唆犯,无耻!教唆犯,无耻!我知道自己错了,却不能为自己辩护,我面红耳赤地把桂花分门别类地重新放好。桂花又冲我叫起来,救救他!救救他!我被桂花们嚷得心烦意乱,我去救他,谁来救我?我这么大叫了一声,办事处里的所有桂花都安静下来了,或许它们最清楚,我也是需要救赎的。桂花安静下来,我突然就想起了许多年前被我骗进松树塘的那台手扶拖拉机,想起拖拉机坠水时溅起的那一大片水花,还有那些新鲜的金色的桂花是如何覆倒在水面上的。我想电视主持人常说的开场白,什么历史有惊人的相似之处,这不是卖弄嘴皮子,说得很有道理呀。那天下午,我仿佛回到了松树塘边,我看见曹建立驾驶着那台手扶拖拉机迷失在池塘边的泥泞路上,可是你们也都看到了,他没有来问我,去香精厂怎么走?即使他来问我,我也不能给他指路了,这绝不是推托,这么多年了,谁还记得去香精厂的路怎么走?

桂花大王曹建立堕落为一个诈骗犯的故事曾经上了天城的各家报纸。这事恰好发生在塔镇的桂花连锁集团挂牌开张的前夕。天城是个大码头,人们要关心的国际国内大事多如牛毛,他们遗漏曹建立的故事非常自然,但是在塔镇,连小学校里的孩子也在谈论曹建立的故事,说他让天城的一个歌厅小姐毁了前途,毁了一生。塔镇淳朴的民风使人们一遍遍地回忆曹建立孩提时代以及青少年时代的优秀事迹,他们无法承受曹建立的噩梦般的结局。老人们说,天城去不得,去不得呀!曹建立以前在镇上的同事为他扼腕叹息之余,也互相调侃,说,小姐碰不得呀!而塔镇的领导看问题深入一些,他们对我这样的外地办事人员援引曹建立的事例说,骗了二百万!骗个十万八万的我们还能挽救他,可他骗了二百万!你们这些同志都要吸取教训,金钱贪不得呀!那段时间我心神不宁。我害怕这些塔镇人问我一个最抽象也最简单的问题,曹建立,那么老实那么本分的一个人,怎么几年之间就变成了一个大骗子?好在人们的注意力都放在桂花连锁集团的开业大典上去了。

还是桂花帮忙,曹建立收审了,没什么事。我忙着张罗连锁集团的筹备工作,是筹备组的干事,这次连副职都不是。我有思想准备,连锁了嘛,连锁集团从办事处的副科级一下上升到正处,处级干部名单当然也没我什么事。开业大典很热闹,来了一个负责乡镇工业的副省长,虽然只是剪个彩,但是剪彩的照片被拍下来,可以永久陈列;来了一个人大副主任,一个政协副主席,是省级的;还来了两个副市长,当然是市级。来宾都讲了话,鼓励了塔镇的外向型经济,也赞扬了塔镇人的开拓精神,所有的讲话都录音了,以后要否定不是那么容易。我手捧一只花篮,花篮里装满了塔镇的丹桂花。领导让我捧桂花是极富意味的,他们说,你来捧桂花,这不是普通的桂花,这是塔镇的事业呀。我又不是笨蛋,我知道这是他们对我的安慰。他们没有提拔我当桂花连锁集团的经理,甚至副经理也没有考虑我,只安排我当市场部主任,他们以为我情绪不高与官位有关。我承认我是在闹情绪,但我乐意接受捧桂花花篮的光荣。我就捧着一篮桂花站在大太阳底下,看着排成一行的来宾,手忙脚乱的新闻记者,还有一些探头探脑看热闹的市民。我没有想到在这种场合下篮子里的桂花会对我如此绝情,它们不依不饶地谴责我、抨击我。有的抓住曹建立的事不放,骂我是教唆犯、刽子手;有的在这么喜气的场合居然喊出了"救救曹建立"的口号。我抖了抖花篮,警告篮子里的桂花不要胡来,破坏了好不容易组织好的庆典。可是没想到那些桂花越加愤怒了,它们开始用更猛烈的炮火对着我,骂我是小爬虫,骂我心理变态,骂我是马屁精、变色龙,骂我是市侩、官迷、利己主义者;骂就骂了,最近我反正让桂花骂惯了,它们还要从篮子里跳出来,你能想象到这些塔镇桂花的火暴脾气吗?在这个以桂花为主题的庆典上,它们竟然要跳起来抗议!你想想我怎么能让它们跳出篮子？我就尽力用两只手按住篮子里的桂花,不让它们跳,不让它们抗议。然后我就觉得手上被咬了,我被桂花咬了。我这么说你不会相信,但我的两只手掌确实被桂花咬得够呛。在这种情况下,我才慌忙把花篮交给旁边的礼仪小姐。塔镇的领导后来批判我闹情绪闹得不是时候。这种批判与事实不符,我拒绝接受,也不会解释,我知道那些人从来没有见识过会咬人的桂花。

大约是桂花连锁集团成立后的第二个星期,有个女人带着孩子来到了我们租用的招待所,橘红色西装和白色旅游鞋泄漏了女人的乡镇背景。接待小姐不理睬她,那个女人在一阵东张西望之后,突然变得非常焦灼。她大声地呼叫着我的乳名,狗剩,狗剩,你在哪里？我知道是塔镇来人了,走出去一看,就看见了潘丽霞,还有他们的儿子。潘丽霞是谁？曹建立的妻子,我的堂嫂。她不是什么大人物,但不知怎么的,看见她我就觉得像是有一块砖头劈脸向我飞来了。

如果丑陋的女人嫉妒另外一些女人的美貌,不要诅咒女人,去诅咒她丈夫吧,诅咒她丈夫贪污腐化,诈骗受贿,诅咒她丈夫锒铛入狱。如果那个女人深爱她的丈夫,她的美貌就会自动消失,她会变得憔悴不堪。尽管脸上平添几分人间沧桑,可这东西对于一个女人的风韵来说是无所裨益的。我在天城看见的堂嫂潘丽霞就属于这种情况。我叫了她一声嫂子,我以前在塔镇一直叫她嫂子,她不怎么爱搭理我,但这次不同了,她像一块砖头向我飞来,不是为了报复,是为了握我的手。她像一个妇联干部一样和我握手,但红肿的眼睛却在向我求援。我并不吃惊,她不向我求援向谁求援呢?可是我多年来习惯了她对我的冷眼,她对我如此信任让我很不习惯。我听见她让小男孩叫我六叔,这是你六叔,快叫人呀,你爸爸,六叔,还有你,你们是曹家一条根上的。孩子叫了,声音憋在嗓子眼里。潘丽霞就用手拧儿子的耳朵,她说,叫大声一点,是你六叔,六叔你都不认识啦?他是你爸爸的同事。我看不过去,我就讨厌别人对我忽冷忽热的态度,所以我对潘丽霞说,我知道你心情不好,可是别拿孩子撒气。让我这一说,潘丽霞眼睛立刻就红了。我看见她转过脸,吸了一下鼻子,对我说,他六叔,我不该叫你狗剩吧,刚才一着急我把你的大名给忘了。我知道她从来没记住过我的大名,但我不忍心去点破她,我就笑了笑,说,你们原来都管我叫六骗子,现在还是叫我六骗子好了,我不在乎这些。潘丽霞摇着手,说,那不能,那是以前的事了。我说,现在我还是骗人,叫我六骗子,还算客气。潘丽霞眨巴着眼睛,也许在判断我是否出于真诚。她从我脸上看不出我的内心,干脆就垂下了眼帘,看着招待所的花岗岩地面。她用鞋子去蹭地面,蹭了几下,我听见她用一种古怪的语气说,你不骗了,现在曹建立是大骗子了。

我带着潘丽霞母子去从前的桂花办事处,不远的路,花了整整一个小时。从塔镇来到大城市,忙坏了男孩的眼睛。母亲就拉拽着他的手,说,这有什么稀罕的,我们塔镇也有。潘丽霞说塔镇也有人行天桥,这明显不符合实际,但我知道像潘丽霞目前的状况,让她称赞天城是不现实的。我听见男孩冒失地顶撞,他说,天城比塔镇好,你自己说的,你自己说要把家搬到天城来的。我知道这孩子是用刀子戳他母亲的心了。潘丽霞先是笑了一下,然后她就哭了。她打了儿子一个巴掌,打在屁股上,打一下,儿子不哭,又狠狠地来一巴掌,男孩就哭了。然后潘丽霞对我说,他六叔,你别见怪,走快点,别让他再东看西看的,没什么可看的。

确实没什么可看的,让这八岁的男孩凭吊他父亲的滑铁卢吗?我赞成潘丽霞的主张,所以我后来拉着孩子的手在街道上疾走。但孩子像他父亲小时候一样诚实,他对我说,春节我爸爸答应带我来的,后来他又反悔,本来他答应带我去动物园的。我看见这孩子就想起了曹建立的童年,相仿的玻璃片一样透明的眼睛,相仿的对外界事物的热情。事隔多年,这目光仍然让我感到特殊的压力,我流汗了。我说,我带你去动物园。男孩脱口而出,骗我吧,我爸爸妈妈说你嘴里没一句实话,尽是谎话。我看了看跟在后面的潘丽霞,她装耳背,没听见。他们在孩子面前糟践我,这让我很意外,教育下一代也不是这么个教育法。我心里很恼火,可又不想流露,我就对孩子说,有时候我也不说谎,你们小孩子,我从来不骗你们。

法院曾经在我和曹建立共同租用的工房门口贴了封条,现在曹建立的诈骗案结案了,封条就被人揭下来了。屋子里灰尘蒙蒙,我去收拾我的东西。潘丽霞自然要去收拾曹建立留下的东西,她一进去就关上了门。我听见里面静悄悄的,半天没有声音,我敲门,孩子敲门,她都不答应。我有点担心她受不了刺激,做出什么可怕的事情,于是我一脚将门踹开了。我看见潘丽霞半跪半坐在曹建立的床脚边,手里抓着什么东西，泪流满面。

我好不容易看清了她手里的东西，是一只银灰色的女人发夹。潘丽霞把它放在手里仔细端详着，好像是在研究它的款式和材料。她是个具有正常智商的女人，她猜到这是什么欧阳小姐留下的东西。我听见她在用塔镇方言骂人，狐狸精，狐狸精。骂得一点不错，我见过那个欧阳小姐，确实有点像狐狸，狡猾而妖艳。可是很快潘丽霞的表现就不正常了，她说，我不相信，打死我也不相信。我不由得追问了一声，你不相信什么？潘丽霞抹了把眼泪，说，我不相信曹建立会做出这种事，这里有鬼，曹建立是被冤枉的。我说，嫂子，你的心情我完全理解，可他的案子是铁证如山，诈骗两百万呀。潘丽霞说，诈骗，诈骗，什么诈骗？我就是不信这个，这里有鬼呀。我看她的表情和眼神就知道她的下文了，果然她就说了，曹建立人品怎么样，塔镇的领导都知道，塔镇老少乡亲都知道，他从小到大骗过谁了？啊？让他说个谎比登天还难，他骗谁？他是诈骗犯？就是全世界的人都成了诈骗犯，也轮不到他曹建立！打死我我也不相信这罪名。他六叔，你和曹建立从小一起长大，你就相信他是诈骗犯吗？我看潘丽霞冲动的激愤的样子，知道她心里想说什么。你这个六骗子怎么倒像个没事人似的？轮到你当一百次诈骗犯，也轮不到他一次呀，这是怎么回事？你好端端的，他却进了大牢。潘丽霞风尘仆仆的脸上现在出现了两抹病态的绯红色，她布满血丝的眼睛直视着我，这是要让我表态。我打不了马虎眼，干脆就说，是我不好，我把他带坏了，他走上这条路，我也有责任。潘丽霞对我承担责任的说法是愿意接受的，我从她默许的眼神里能看出来,但仅此而已是不够的,她还等着我表态。我就更坦白地忏悔了!他以前从不说谎,是我教他说谎的,我有责任,你就狠狠骂我吧。潘丽霞听我这么说着,反而又架不住了,她说,他六叔,你也别这么大包大揽的,他又不是三岁孩子,难道你教他杀人他还去杀人不成?我要查原因,不是针对你的,我就是觉得这里有鬼,恐怕你堂哥是遭人暗算了!我听她这么一说就觉得那块砖头又向我胸口飞来了,我觉得很紧张。那你说是让谁暗算了?是让那个坐台小姐暗算了?是让告他的厂家暗算了?一种空前的紧张感让我发出了突兀的笑声,我说,嫂子呀,你不会怀疑他是让我暗算了吧?潘丽霞眼睛一亮,但同时她不停地向我摆手,说,他六叔,你千万别说这种话,你们从小一起长大,还是兄弟,我就是怀疑天皇老子也怀疑不到你头上。潘丽霞站起来,她开始将屋里的衣服、袜子、脸盆、衣架一股脑地往一只蛇皮袋里塞。收拾杂物的动作似乎帮助她恢复了冷静,我听见她的嗓子突然一下就嘶哑了。她说,天大的笑话,我送他来天城,自己在塔镇撑一个家,我以为吃苦有回报,指望他升官发财至少沾一样,没想到落了个这下场。她看了看在一边推旅行箱玩的孩子,早知道这样,去年春节我就让孩子跟他来天城了,我不为别的,就怕影响他工作呀。然后潘丽霞终于放下了她坚强的架子,她开始号啕大哭。先是站着哭,拍着曹建立的一件旧衬衣哭,后来站不动了,她就蹲下来,蹲下来慢慢地哭。我听她用含糊不清的声音向我倾诉曹建立在塔镇的种种事迹,包括他小时候跳下松树塘,救出一个溺水的傻子,包括他把邻居一个卖弄风骚的女人训得无地自容的事。这些事我都知道,不用她说,可是她还是在说,一边哭一边说。她说,他一定是被冤枉的,他六叔,我们在天城两眼一抹黑,你要帮他,你一定要帮帮他。我的心让这女人哭乱了,我说,我会帮他,不用你关照我也会帮他,我在里面认识几个人,他们答应我照顾他,别的不说,抽个烟喝点酒,一点问题也没有。潘丽霞说,不是让他抽烟,不是让他喝酒,是给他翻案,把他弄出来。我看见我堂嫂的手突然伸过来,一把揪住了我的衣领,你在里面认识人,就走走路子,把他弄出来呀。我觉得一块砖头现在准确地砸在我的锁骨处了,现在轮到我彻底崩溃了,我的善心不知从哪儿冒了出来,我说,好,我把他弄出来。潘丽霞的脸上掠过一道狂喜的红光,她,他六叔,我给你跪下。我说我当时崩溃了,一点也不夸张,我就让她那么跪着。潘丽霞又叫儿子,说,你六叔答应救你爸爸,赶紧过来,给你六叔跪下。我看见孩子很不情愿地被他母亲强行压下了身子,孩子也给我跪下了,我就让孩子也跪着。我说,好,我把你爸爸弄出来。我在里面认识些人,我想办法把他弄出来。

这是我一生很罕见的体验,是别人逼着我撒谎,我就撒了谎。我在想潘丽霞那么聪明的女人,怎么听不出来我是在撒谎?她绝望,难道我就不绝望吗?我也绝望了,所以我无力把母子俩从地上拉起来。我就让他们跪着,是窗台上的一些被遗忘的桂花样品跳了起来,它们从窗台上跳到母子俩面前,起来,起来,不能下跪!可母子俩听不见桂花深情的劝解,桂花样品就拥过来,声色俱厉地推搡着我,骗子,骗子,无耻的骗子!

我不知道桂花想让我怎么做,我倒是想听听它们的建议。难道它们要让我对这个可怜的女人一口回绝吗?桂花不懂人情世故,我想就是一个天使处于我的境遇,他也得说这个谎。桂花问我,那你准备怎么救他出来?对不起,我无可奉告。我对外界拘泥于现实的言行厌烦透了。我不知道怎么营救曹建立。但我有权这么说,特殊情况当然是特殊处理,大家都是明白人,明白人通情达理,如果说我一生的谎话都是出于欺骗别人的恶意,这次却一定是善意的。请大家都替我想想,我有别的选择吗?

我急于告诉大家我亲眼目睹的一个奇迹,现在是时候了。是关于桂花起义的事情。有一天,我带着一个客户来到集团堆放桂花的临时仓库,恰好遭遇了桂花起义。你无论如何想象不到,那么顺从那么具有献身精神的桂花,会利用我们管理上的漏洞,利用包装的缺陷,采取如此过激的行动,它们竟然起义了!我到现场时起义已经成为了现实,所有库存的桂花,包括一等品、二等品,还有几箱散装的等外品,它们统统跳出了精美的包装袋和大箩筐,它们像金黄色的潮汐在仓库的地面上翻卷着,奔跑着,有的站到了磅秤上,有的跳到了窗台上。仓库里的桂花香浓烈得仿佛毒药,客户差点被熏得背过气去。他不知道仓库里发生了什么事情,只是咳嗽着向我指出,你们怎么管理的?包装袋全破啦。

我从小与桂花一起长大,我知道不是什么包装袋的问题,是桂花起义了。这事情不仅一般人觉得不可思议,我也吃惊不浅。我知道桂花对桂花连锁集团有抵触情绪,它们对桂花业盲目的扩张有自己的看法，它们对乱采乱摘现象怨声载道，但我以为忍耐是桂花的天性，我没有想到它们会选择这样的时机策动起义。桂花连锁集团是个新生事物，连省里领导都支持，桂花这么做，到底是什么意思？

仓库保管员不知跑到哪里去下棋了，他是个棋迷。他在这里也不能阻止桂花的起义，我东张西望不是想让他来救驾。我听见了一阵轻微的却是抑扬顿挫的哨声，据我的观察，起义的桂花就是听从这哨声集结成眼前的队形的。旁边的客户瞪大眼睛说，你们的桂花怎么满地乱跑？我知道它们不是满地乱跑，它们很有秩序，它们在排队。我看见一等品桂花从金色包装袋里涌出来，汇聚到一个方向，二等品桂花从黄色包装袋里出来，流向相反的地方，秩序稍差的是那些从木箱里出来的等外品桂花，它们有的还刚刚从午睡中被惊醒，睡眼惺忪的，慌里慌张地冲过我的脚面，很明显它们不能理解神秘的哨声，它们不知道往哪儿站，有的干脆就站到了我的皮鞋上，站在我的客户的鞋子上。这一定是桂花史上可歌可泣的时刻，我知道是谁把我派遣到起义现场来的，当然不是桂花，是我的使命。我站在桂花起义的现场，非常清醒地认识到我肩上的责任，所以我一点也不慌张。我一直冷静地搜寻着那只神秘的哨子，哨声是那么熟悉，它让我想起童年时期在塔镇桂花林里的往事。孩子一吹哨子，最成熟的桂花就自行掉落在孩子们的篮子里了。我怀疑策动桂花起义的是这只哨子。我走到了仓库东北角的货堆边，抖出一袋桂花，又抖出一袋，然后我就看见一只哨子掉在地上了，是塔镇孩子挂在脖子里的那种铝哨。看它锈迹斑斑的样子，一定在桂花林里藏了好多年了。我捡起哨子的一瞬间就认出它来了,我对身边的客户说,这是我小时候用过的哨子。他很惊讶,说,怎么见得?我指给他看哨子肚下的一块红漆,这是我做的记号。我告诉他,我小时候老是用它吹桂花,哨子丢了,我也不知道丢在哪里,没想到它跑到这里来了!

对于我的客户来说,我所说的一切都是天方夜谭。你为什么编这种故事来哄我?什么叫吹桂花?桂花这么满地乱跑,你们怎么不想办法?客户在旁边喋喋不休地问问题,妨碍了我与桂花的交谈,我只能让他先离开仓库。我说,让我来处理这些桂花,我有办法让它们物归原主。客户一走,我就下意识地把哨子放到了嘴边,哨子没有发出声音,这让我想起我的哨子本来就缺个簧片。于是我将童年时做过无数遍的事情重温了一次,我将一撮桂花放进了哨孔里,就这么简单,我把这个神秘的哨子又吹响了。

如果你们当时恰好在仓库里,恰好又有慧眼辨别桂花的灵性,那有多妙,你们可以看见我是如何将三百公斤的桂花召集到一起训话的。当然是训话,我对桂花的这次起义充满了愤怒。按照我的哨令,一等品汇集到了最前排,二等品居中,等外品我就让它们站在最后面,坦率地说,我一贯是不爱与等外品多费口舌的。我问桂花,你们这是要到哪里去?一等品桂花站了出来,它们不畏权势,大声说,离开天城,我们回塔镇!二等品也附和,说,回塔镇,我们要离开天城!我知道它们对天城的不满缘于此地百姓对桂花的冷落,也缘于连锁集团为它们定价偏低,当然一定还有其他各种因素。我现在不能与桂花探讨它们应有的地位,我问它们,回塔镇干什么?这问题是有圈套的。一等品桂花没有立即回答,是那些没脑子的等外品桂花在嚷嚷,回到树上去,回到树上去!我就是不能容忍这种愚蠢的想法,我说,摘下来的桂花能回到树上去?你们倒是聪明。我问你们,我也不愿意活在世上,天天卖桂花,卖得不好,人也埋怨,花也埋怨,那我能不能回到我娘肚子里去?等外品桂花让我抢白一通,再也不敢胡说八道。二等品桂花却犟嘴,说的是些拾人牙慧的话,说什么我们要自强,我们要掌握自己的命运,我们是桂花,可你们把我们当菜花卖,我们不受这份气!我知道说来说去要说到桂花的市场行情,许多涉及经济领域的事情,我自己都一知半解,现在可好了,我必须为它们认清桂花业的形势而冒充经济学家。我说,你们是桂花,说到自强,说到命运,一切都要跟市场挂钩,你们知道桂花业现在面临危机吗?不要以为自己是什么国营桂花,就躺在荣誉簿上吃老本,知道现在的私营薄荷业多厉害吗?知道现在的合资玫瑰业多厉害吗?它们才是市场的宠儿。你们还瞧不起人家油菜花,油菜花业现在兴旺得很,枸杞业也比你们吃香,为什么?就是市场需求,人家要吃它!你们桂花现在该有一些危机感了,不要以为自己价值千金,闹不好你们就是个不良资产,也不要以为我们连锁集团靠你们发了多少财,集团账面上资不抵债啦,怎么办?让啤酒花股份来兼并我们,让油菜花集团来收购我们。闹不好跨国公司也来占便宜,把你们买去,做成复合肥料,种洋鬼子的黄瓜,种西红柿,你们愿意吗?有一撮一等品这时跟我顶嘴,说,既然市场对桂花没有需求,为什么把我们从树上摘下来?我愣了一下,但很快我找到了观点。我说,这问题提得好，可是你们明白什么叫竞争吗？把你们从塔镇的桂花林里摘下来，把你们百里迢迢地运过来，就是让你们来竞争的。塔镇桂花，天下最香，看世上的什么花香得过我们塔镇桂花！桂花的队伍突然沉寂下来，我知道我与桂花的交谈起了作用，要趁热打铁，我就对一些桂花日益平淡的香气提出了严厉的批评。我说，现在有些桂花牢骚满腹，该散十分香，它只散六分，这样下去怎么行，这种精神面貌怎么去到市场上与别的花竞争？我没想到这番鼓动引起了等外品桂花的情绪波动，几丛等外品突然大声说，这不怪我们，是花农滥施化肥呀，我们来出售已经很努力啦。有的等外品多少是虚荣心作怪，它们说，不怪我们，我们也不愿做等外品，谁让你们不好好包装我们呢？有的二等品质量还不如我们。我注意到等外品的表现引起了二等品队伍普遍的不满，二等品纷纷指责等外品素质差，自身不努力，还要吃大锅饭。我还注意到仓库里突然散发出空前的桂花香味，这是三种品级的桂花一齐努力的结果。起义的桂花发生了内讧，我半喜半忧，喜的是一次史无前例的桂花暴动被我瓦解了，忧虑的却是桂花们突然热烈起来的争论，都是关于自身前途的争论，毫不顾及桂花连锁集团的利益。听听，一等品桂花中有些花突然提出要走出国门，建议塔镇桂花去参加日内瓦的博览会，去参加布鲁塞尔的博览会，再不济也要尽量参加里约热内卢的国际花卉展览会，让全世界的人们都闻一闻塔镇的桂花香。有的一等品桂花受到启发，一方面谦虚地认识到自己花型和香气都有值得改善发展的地方，另一方面它们提出的要求却让我不知所措，它们说要去一些花卉业的先进国家留学，去伦敦,去米兰或者阿姆斯特丹,至少也要去日本的京都与外国花卉交流一下。一等品桂花的这个建议引起了更多的争议。首先是二等品桂花态度暧昧,它们说,一等品当然能去留学,它们懂外语,它们大多能说荷兰郁金香语,能说日本樱花语,有的懂三国外语,还能说墨西哥的仙人掌语呢,我们怎么办?我们在树上生活得太紧张,文化水平有限,我们出去干什么?等外品桂花半开玩笑半认真地说,依我们看,好高骛远也没用,我们不如去北京,北京是首都,塔镇桂花在首都出了名,全国的市场不都打开了?二等品桂花最喜欢和等外品唱反调,它们说,现在是商品经济,政策文件帮不了你的忙,如果要出去,不如到珠江三角洲去,干脆就去第一线,迎接市场的挑战!一等品桂花是有哲学头脑的,就是它们后来陷入了沉思,对于前途的忧虑使一等品面色凝重。一簇最优良的一等桂花突然跳到了我的肩上,我们向何处去?那簇桂花最后代表它们桂花族群,发出与人类相仿的天问,我们向何处去?我们桂花向何处去?

这是桂花起义的结局,我听见起义的桂花最后齐声叫喊,我们向何处去?你让我怎么回答这样的问题?这真是天晓得,我怎么知道你们桂花向何处去?我不过是个卖桂花的人,按照我的理解桂花的归宿不是混在香精里慢慢被挥发,就是通过甜食的引见最后进入人的排泄系统,可你们也领教过桂花的自尊心了,让我怎么说它们才好?我没有办法,我不过是个卖桂花的人,只能劝它们好好待在仓库里。有的桂花不懂察言观色,还催着我出主意呢。我就顺手把它抓起来塞进哨孔里,我吹响了哨子,伴随着哨声的节奏,我的命令可

以说是声色俱厉:

哪儿也别去,回到你们的包装袋里,三点钟有客户来提货!

我记得桂花起义的那天,经我的手卖出了连锁集团历史上成交量最大的桂花,计有一百公斤,这也许是个巧合。但我习惯性地把手伸到包装袋里与桂花告别时,你猜我摸到了什么? 我摸到了无数湿漉漉的桂花,都是桂花的泪水。事到如今,我与桂花的关系已经昭然若揭,桂花的仁慈以及它们对我的宽容也是有限度的,我听见桂花气急败坏地喊起了我以前的绰号,六骗子,六骗子,你是我们的敌人!

我为塔镇推销桂花。

多少年来,我的舌头总是处于疲劳过度的状态,如果领导有良心,他们应该让我的舌头好好休息一下,可他们不在乎我的舌头。我在外面介绍塔镇的桂花,从塔镇的历史说到塔镇的土壤、气温、湿度,反正我让人们相信塔镇桂花之所以成为天下第一香,是有它的必然性的,我最害怕的是在我的漫长的游说过后听到对方说,你到别的地方去试试,我们不需要桂花。我在外面说得多累对自己也算有个交代,开拓市场牺牲点唾沫也不算什么,但连锁集团领导每天都要听取我的工作汇报,让我很烦恼。他们西装革履地坐在办公桌前,对我说,今天怎么样,说说。他们还是要让我说。说个屁! 我没办法,我不是那种喜欢渲染困难的人,相比之下我情愿夸大我的工作实绩,所以我就从公文包里拿出我事先准备好的合同,说,我不喜欢说,说有什么用——合同签好了,你们自己看吧。

现在我无意中透露了我在连锁集团里为什么成为销售冠军的内幕,我知道一些聪明人也想试以假合同骗钱的绝招,但我声明我没有从连锁集团骗取过一分钱的销售奖金。如果一定要追究我的动机,我只是骗取了一点荣誉,连锁集团在职工大会上授予我销售冠军的称号,还有一只塑料的仿金奖杯。奖杯我一直放在我的办公桌上,你们有兴趣可以来看,那是我一生中唯一的奖杯,虽然看上去不如为国争光的乒乓球运动员羽毛球运动员的什么斯韦思林杯尤伯杯那么威风,毕竟也是荣誉的象征,所以我平时总是把奖杯擦得金光闪闪的。

我为桂花连锁集团推销桂花,光是让我推销桂花我也不觉得烦恼,反正我很早就确认我的命运与桂花是联系在一起的,桂花的命运就是我的命运,我的命运就是桂花的命运,可是总有一些与桂花业无关的事情来打岔,让我分心,尤其是塔镇的一些乡亲。他们听说我在天城锻炼得很好,被好多领导所器重,就以为我可以为他们做些事了。有的乡亲受到现代观念的冲击,认为受教育比种桂花更重要,他们要求我把他们的子女开后门开到天城的大学里去,而且指明要让子女就读经济管理专业、法律专业、计算机专业。有的女孩脑袋不是很灵活,其父母就自作聪明地要让她学习金融专业,以为金融专业就是学习数钱的。有的乡亲卖桂花赚了点钱,居然就要到大城市来发展,问我能不能帮他们在天城弄个网点门市什么的。我的一个姑妈对我的要求最高,她不幸得了癌症,坐长途汽车直接来到天城找我,一到我这儿姑妈就让陪同的子女都回家去。她说,你们都回去,我这老命就交给六骗子了,他都能跟省里领导说上话了,找个好医生还不容易?姑妈一边咳嗽一边回忆起我童年时她对我的恩泽,说,六骗子呀,你小时候到处招摇撞骗,到处惹事,王二家兄弟几个差点把你扔到松树塘里,是我把你抢下来的呀!来自塔镇的父老乡亲对我知根知底,他们总是很轻易地唤起我的负罪感,使我软弱,使我妥协,我也没办法,只好答应他们的种种要求,你让我怎么办?我只能让他们放宽心,告诉他们我在名牌大学里认识几个校长,工商局里也认识几个关键人物,医院认识的人不多,但是那个著名的天城第一刀外科医生沈大夫恰好是认识的——有人一定在谴责我了,说人命关天的事情你也敢撒谎!那我反问你,我不撒谎怎么办?不撒谎意味着撒手不管推脱责任六亲不认,难道我就不能给他们一点希望吗?难道我就不能拖延一些时间让大家都来反思一下,为什么突然之间我六骗子成了塔镇的英雄?我的问题迟早要向大家交代清楚,可我就是没有这个时间,也没有这个机会,我忙得要把两条腿都举起来了,我忙得要让肚脐眼替我接电话了,你们站在我的立场上替我想想,我有别的选择吗?

人们喜欢把冤家路窄这句话挂在嘴上。我想起从前在塔镇我是把堂兄曹建立当成我的冤家的,只要我撒谎他就会从我背后冲出来,无情地揭穿我的谎话。即使我去骗一只蚊子,告诉它它的母亲是一只苍蝇,曹建立也不会容忍。他会去茅房抓一只苍蝇放在蚊子面前,用事实证明蚊子与苍蝇不是同类,蚊子的母亲绝不是苍蝇。人们又喜欢说三十年河东,三十年河西。我对这句话抱有天生的好感,我曾经以为那是我和曹建立命运的写照。但是我后来就发现了,我与曹建立首先是冤家路窄的关系,其次才能谈及什么河东河西的变化。我的备受非难的童年时代虽然过去了,曹建立虽然蜕化变质进了监狱了,但是他的妻子前仆后继,潘丽霞这年秋天二赴天城,儿子也不管了,乡办厂会计也不当了。你问她来这个伤心之地干什么?干什么?不干别的,就是来跟我斗争到底。

我不知道潘丽霞跟踪我跟了好几天了。如果不是在天桥上与她擦肩而过,我还蒙在鼓里呢。换了谁都会措手不及的,我又不是间谍,也没犯下什么杀人越货的罪行,谁会去注意身后是否有人在跟踪?经过天桥时我闻到一种来自塔镇的气味,就是那种陈年桂花的暗淡的香味,说明天桥附近有我的塔镇乡亲。我还在想呢,是谁来了,怎么不来找我为他们服务?我在天桥上东张西望着,猛地就看见一个穿橘红色西服、黑色健美裤和白色旅游鞋的女人,她好像是在天桥上守候我的。虽然一条大围巾包住了她的大半个脸,但我还是认出了她,是潘丽霞,瞪着一双冤家的眼睛,极其诡秘而阴暗地跟着我。我这才吓出了一身汗,我是忙昏头了,这股陈年桂花的香味已经尾随我整整一天了,这个女人已经尾随我整整一天了,我还不知道,我还忙着去食品厂谈生意呢。

谁都知道潘丽霞的出现对我是凶多吉少,我下意识地向天桥下奔逃。我在逃跑的过程中,想起了一年前对潘丽霞的承诺。她的令人恐怖的行为一定与我的承诺有关,这个女人精明一世糊涂一时呀,难道她不知道我的承诺是谎话吗?我看见潘丽霞像一个训练有素的女特工,她跳过栏杆追着我跑。干什么?要我实现对她的承诺吗,那是不可能的,我在司法系统谁也不认识,即使认识也不能把一个诈骗犯救出来,我们是法治国家,又不是后门国家。如今是世纪末了,人人都比世纪初世纪中聪明了许多,独独这个女人越来越糊涂。这种局面让我很尴尬,一个大男人让一个女人赶鸭子似的赶,成何体统,我就向百货商店跑,从大门进去从侧门出来。潘丽霞果然上了我的当,那股陈年的桂花香渐渐就闻不到了。我整理好我的领带,重新以桂花连锁集团员工应有的仪态走在去往食品厂的路上。我不是自我标榜,在路上我也展开自我批评了:在对待曹建立的态度上,我确实不够积极,我答应潘丽霞每个月去探望他一次,结果工作一忙就把这事忘了,曹建立进去那么长时间,我一次都没有去探望过。我工作忙大家能够理解,我不该告诉塔镇老乡,说我每星期去看望曹建立,给他送烟送酒的,更不该在外面扬言,说我已经疏通关系让曹建立减了五年刑期。

　　那天我有心事,到了食品厂与老黄小姐和小黄小姐谈桂花业务,曹建立夫妇的面孔联合起来一起在我面前晃个不停。曹建立指着我对两位小姐说,别听他的,这人满嘴谎话,小心上当! 潘丽霞上气不接下气地追着我,对两位小姐叫喊着,抓住他,那是一个大骗子呀! 我在食品厂的办公室里坐立不安,说话也有点混乱,公关艺术大失水准。可老黄小姐的表现比我更反常,那天她一直在修剪她的指甲,偶尔抬头看我一眼,露出一种讳莫如深的微笑,说,你这个人,不可信。我敏感地意识到她是听到了什么风言风语了,我说我这个人不可信,我们的桂花是可信的嘛,我卖桂花,你买桂花,买的又不是我这个人。老黄小姐竟然打断我说,你们的桂花也不可信！这一下把我弄傻眼了，我说，这是什么话，我们塔镇桂花不可信？天下第一香不可信？什么东西才可信？老黄小姐撇了撇嘴说，什么东西都不可信！小黄小姐相比之下要善良一些，是她向我透露了一个天大的坏消息。她说，我们产品转向了，明年不用你们的桂花了。转向这词我懂，什么新名词我都懂。我就说，转向转向，再怎么转也转不了桂花的向，食品厂不用桂花用什么？小黄小姐说，我们明年不生产点心甜食了，现在人都怕发胖，甜食点心不好销，我们明年就生产速冻饺子速冻馄饨，还有速冻包子，桂花年糕桂花元宵什么的，吃了会发胖的。我当时是让这坏消息气晕了头，就对着小黄小姐吼了一声，拉不出屎怪茅坑，你们发胖怪到我们桂花头上来？岂有此理！小黄小姐被我吓了一跳，老黄小姐却被我激怒了。她差点就将指甲刀扔到我的脸上，你们塔镇人就是夜郎自大，你们以为塔镇桂花了不起，什么天下第一香?！狗屁，谁稀罕桂花香呀，都什么年代了，谁还稀罕你们的桂花香？也不去市面上看看，现在流行原汁原味，连喝水都喝纯净水，谁还往食物里乱撒桂花？我正想反驳几句呢，老黄小姐就说出了那句天理难容的话。她说，小曹我告诉你，现在的时尚你们塔镇人永远跟不上，我告诉你，现在香味不值钱，没味的东西比有香味的值钱，你别跟我瞪眼睛，我不是说胡话，哪天时代又发展了，没准臭味也比你们的桂花香受欢迎！

我是让两个城市女人气糊涂了，什么是世界末日？我想这应该是了，一个自以为是的大城市女人不仅侮辱了塔镇的桂花，还侮辱了世界上所有的花香。你让我怎么还击老黄小姐,我后来就对她提了一个建议,既然你认为臭味也比桂花香好闻,那你天天就吃那个——那个什么,我没说出口,没说也把两位小姐得罪了。两个女人,四条柳眉都倒竖着,她们翻脸不认人,一齐向我扑来,四只手,又抓又拧地把我推出了办公室。我还听见那个老黄小姐在后面厉声威胁我,曹某人,你的底细我清楚,你还跑到我们这里来撒野,趁早滚回你们塔镇去吧!

我没见过这种毫无自知之明的女人,她口口声声了解我的底细,难道我不了解她的底细吗?她的脖子上还戴着我和曹建立当初送给她的金项链呢!那个小黄小姐看上去老实,我们的好处也没少捞,她穿的羊绒毛衣也是我们塔镇人的血汗。说什么底细不底细的,谁还没个底细?我不怕她掌握我的底细,但受到如此待遇却使我晕头转向,想想我们——包括曹建立和这两个女人一起吃过多少海鲜唱过多少卡拉OK?吃人的嘴软拿人的手短,她们怎么翻脸就不认人了?要不就是像老黄小姐曾经暗示的那样,嫌吃得少拿得少了?她们就不体谅一下我们桂花集团的难处,我们处于起步阶段,拿不出那么多好处嘛。我的心情坏透了,沿途诅咒食品厂的食品明天统统发霉。走过糕点车间时,我看见一袋桂花孤独地站在窗台上,桂花并不知道明年的事,它们还在默默等待,等着伺候车间里那些傲慢的糕点。我实在看不下去,悄悄地上前提走了那袋桂花,它们还在袋子里反抗呢,我就火了。我说,人家不稀罕你们,人家说桂花香还不如狗屎香,你们还留在这里干什么?

我在食品厂里仔细地鉴别了这里特有的香甜的空气,我的鼻子很灵,这家老字号的食品厂看来是转向了,空气仍然是香甜宜人,但它是从牛奶、咖啡、可可、草莓甚至进口乳酪上散发的,独独没有了我熟悉的桂花香。这家自私的冷酷的势利的赶时髦的混账食品厂,就这样抛弃了塔镇的桂花,连一声对不起都不肯说!

你们可以想象我走出食品厂时的心情。我为塔镇出售桂花,桂花却受到了日甚一日的冷落,桂花需要安慰,我当然也需要安慰,可是满街的行人谁也不向我看一眼,也不想知道我手里的袋子装的是什么东西,为什么那么香。我突然意识到这世界厌倦了桂花,厌倦了桂花也就厌倦了出售桂花的人,这使我感到深深的绝望。我走到去年落成的市民广场那里,看见我们桂花连锁集团的横幅广告还挂在一座三十层的写字楼上。一年的风吹雨淋,红色横幅已经色彩斑驳,桂花的桂字少了一个木字旁,使集团的性质产生了歧义,但横幅的意志就像塔镇人的意志一样坚强,它坚守着阵地。我后来就坐在广场的花坛前,久久地凝望着我们集团的横幅。我看见我们的横幅挤在冰箱、牛仔裤、胃药、营养液、自行车、洗发水的广告中间,仍然镇定自若。我想起冰箱和牛仔裤仍然那么热销,不知要热销到哪一年,我想起那么多中老年人为了健康长寿拼命购买各种营养品,我想起那么多的青年人让刘德华的几句话弄得鬼迷心窍,花那么多钱买了洗发水抹在头发上,偏偏就没有人购买我们塔镇的桂花!嫉妒和失落像魔鬼的两只手,轮流拍打着我的心,我的眼睛湿润了。这时候如果有人来安慰我几句,说些什么坚持下去就是胜利之类的话,我是愿意听的。人在最脆弱的时候需要安慰,哪怕是虚伪的安慰。但安慰我的人没有来,来的是我的冤家,是曹建立的妻子潘丽霞。她像个复仇的幽灵一样追踪着我,一直追到市民广场来啦。

这次我没有再跑,我知道我跑到天边她也会跟在我身后。这女人会计出身,我现在就是她的账簿,账没算完她不会放过我。我看见她坐在我身边,手里抓着一把雨伞。很明显,她对我的追踪计划是长远而周密的,甚至包括下雨天。我听见她呼呼地喘气,她的嘴一张,一句什么难听话就要骂出来了。我就先叫了她一声嫂子,说,你什么时候到天城来的,怎么不通知我一声?潘丽霞说,骗子,你这个不知羞耻的骗子,我不想跟你说话。我说,建立他在里面怎么样,还不错吧,我这一年忙坏了,几次想去看望他,就是看不成,有次都到了监狱门口了,集团一个拷机拷过来了,没办法,只好去开会。潘丽霞一直怒视着我,她的嘴角左右牵拉着,好像随时准备咬我一口。她说,大骗子,狼心狗肺的骗子,我不跟你说话,我跟你说话还不如跟一条狗说话!我知道人身攻击是免不了的,但我有点害怕她用雨伞来捅我,所以我一直瞄着雨伞的动向跟她说话。我说,你生我的气我不怪你,答应的事情没办成,换谁都生气,可是嫂子你不知道天城不比塔镇,办一件事情不容易呀。潘丽霞的雨伞伞尖这时突然在地上猛烈地跳动起来,她的身体也随之颤抖起来,骗子,都什么时候了,你还在骗人呀!潘丽霞突然哭起来了,她说,建立是你堂兄,我还是你堂嫂,你这样骗我们就不怕天打雷劈呀,你以为我相信你的谎话,你从小到大没说过一句真话,相信你还不如相信一条狗!潘丽霞这么说话我就恼了,就说,那谁让你相信我的？你当时怎么不去听听狗是怎么说的，狗也不会管你家曹建立的事！潘丽霞让我这么一说有点愣怔，她背过身子开始抹眼泪，抹了一会眼泪，鼻涕又出来了，大擤鼻涕，"啪"的一声擤在广场的花岗岩地面上，这种时候她的这种塔镇作风应该是可以谅解的。可我也在气头上，一冲动就嚷起来了，文明一点，你是在天城，不是在塔镇！我这一嚷就把潘丽霞眼睛里的冷光嚷出来了，她就那么冷冷地看着我，一只手将雨伞攥得咯吱咯吱地响，六骗子，我今天给你透个底，我这回来，是冲着你来的！潘丽霞就那么咬着牙，向我透露她阴险的计划。她说，我不信邪，曹建立的事情我想了一年了，一年也没想通，越想越糊涂！到底该谁坐牢？啊？说给塔镇老少听去，都说该进去的没进去，不该进去的倒进去了，也不挽救一下，也不让人改过自新。曹建立进了大牢，你倒是塔镇的大红人了，这不是闹鬼是什么？啊？领导糊涂让领导糊涂去，我就不信这个邪，偏要把鬼抓出来。我知道潘丽霞所称的鬼就是我，她要抓的就是我这个鬼。我故作镇静说，抓鬼还要黄表纸呢，你上哪儿买去？潘丽霞这时已经容不得我的意见了，她大喝一声，六骗子你听着，我不把你弄进牢里去，我就不是潘丽霞！

我目送潘丽霞的背影消失在广场的人流中，我感到胸闷，不是出于做贼心虚的恐惧，是一种令人恐惧的发现击垮了我。我突然意识到我的命运不如桂花的命运，桂花现在被莫名其妙的时尚冲击得很可怜，但它们毕竟是花，迟早会盼来复兴的那一天。而我就不配与桂花相提并论，桂花目前滞销，那是国际市场没有打开，说不定桂花的朋友遍天下，只是人和花相交恨晚,可我呢,我的朋友在哪里?我的敌人遍天下呀!我的敌人像猎人追逐野兔一样追着我,别说我从塔镇跑到了天城,我就是再从天城跑到月亮上去,也有曹建立潘丽霞这样的冤家一把揪住我,骗子骗子,看你骗到什么时候!我为塔镇卖多少桂花都不能改变我的命运,潘丽霞的话一定代表了几亿人的心声,把你弄到牢里去,把你弄到牢里去!我坐在广场上时,依稀听见了那种群众的呼声,所有经过我身边的行人,也不管是好人还是坏人,他们都在附和潘丽霞,把你弄到牢里去,把你弄到牢里去。

我抱着一袋桂花坐在广场上,桂花早已与我离心离德,我是知道的,但我还是忍不住地问它们,如果我被捕,你们怎么办?桂花保持沉默,我知道桂花不堪忍受我的语言了,但我也不堪忍受桂花对我的鄙夷啦,我发狂地摇晃着手中的那袋桂花干,后来就发生了那件令人惊恐的怪事——我手里的一袋桂花像广场上的第二口喷泉一样,向着天空喷出了无数金黄色的桂花。这口愤怒的桂花喷泉在人们的头顶上飞溅着,有的落在人们的头发上,有的咬着牙,就像世界上最瘦小的飞机一样,向更高处飞翔。我听见广场上出现的骚动,有个年幼的孩子也许从来没见过桂花,他好奇地抱着脑袋向我这儿冲过来,金虫子,金虫子,哪儿出来那么多金虫子呀?我听见了孩子的声音,可我也是第一次看见桂花喷泉呀,我在塔镇那么多年,从来没见过向天空飞溅的桂花,你们可以想象我的惊恐。我对孩子说,那不是虫子,是桂花,是我们塔镇的桂花呀。说完我就哭了,我抱着桂花袋子,可是袋子已经空了,我看着最后一簇桂花拖着一种尖锐的呼哨声飞到了高空中,很快就不见了。

我最早知道塔镇桂花出事了。

桂花连锁集团也出事了,这里确实存在着连锁反应,否则怎么叫个连锁集团呢?这年冬天集团的售后服务处接到了一千多个投诉电话,都是我们幸存的客户打来的。其中有一些是在街上支锅做糖炒栗子的小贩,他们愤怒地指出塔镇桂花已经不是什么天下第一香,而是天下最不香的桂花了。他们说,你们的桂花一点香味也没有,不仅没有香味,有的桂花还散发出某种难以形容的气味,售后服务处的小姐追问,是什么样的气味?电话那头的客户就毫不客气地说了,你们的桂花有一股公共厕所里的臭味!

集团的领导对市场反馈的信息一向很重视,但是很明显这么离奇的信息让他们很吃惊。他们都到仓库去检查刚刚运来的塔镇桂花,一个个吸紧鼻子闻,每个人的脸上最后都挂着一个惊恐的问号,是不香了,是有一点怪味,这是怎么回事,运输部的负责人呢?你们是怎么运桂花的?你们是不是把桂花放在尿素车上运来的?

运输部的主任快急疯了,他的申辩不能让集团领导信服,更不能让那些压仓的桂花散发出应有的香味来。我看着他的嘴角上积起了一堆唾沫,问题还说不清楚,我就笑了,不怪你,不是你的责任,是桂花的灵魂逃跑了。那个主任一点也不理解我的话,他跺着脚说,当然不是我的责任,是原产地的问题,是质量问题呀!我听见桂花仓库里一片混乱,有的领导决定连夜去塔镇的桂花林弄清问题的真相。我劝他们别去,我说,去了也没用,桂花林的桂花还是香的,是桂花不让我们摘了,你摘它没办法,桂花的灵魂跑了,当然就不香了。领导们都是坚实的唯物主义论者,他们对我的话不仅听不进去,而且还很反感。总经理严厉地警告我说,你们塔镇来的同志,不要自以为是内行,不要拿迷信的东西来掩盖问题,桂花桂花,怎么会不香?不香的桂花肯定就不是桂花!

没人相信我,这很正常,我偶尔说些真话,别人听着更像谎话。幸好我有哨子,我掏出哨子。领导都吃惊地看着我,说,你干什么?我说,吹哨子集合桂花,问问它们,为什么不香了?总经理说,都什么时候了,你还有心思开玩笑?我说不是开玩笑,这是桂花哨,桂花听它的话。总经理像注视魔鬼一样注视着我,突然伸手抢过我的哨子,恶狠狠地扔到了窗外,你这位同志就是滑头,遇到困难就想歪门邪道,我们这是新型社会主义企业,不是封建土围子,不准搞这一套!我想去捡哨子,总经理一把揪住我,往哪儿跑,谁也别跑,现在需要团队精神,上层中层拧成一股绳,问题不解决,谁也别回家!常务副总经理解决不了问题就拿我出气,派你去问桂花好不好,你本事大,你会与桂花对话,你还会与桂花谈判呢。这些人就是这么教条主义、官僚主义,他们认为人与花是无法交流的。从塔镇来的第三副总经理明明知道桂花哨是不平常的哨子,可他说话总是阴阳怪气的腔,集合桂花你跟桂花去谈判?他鄙夷地扫了我一眼,说,你这位同志我是了解的,从小好大喜功,你以为桂花是你的部下吗,你让它香它就香了?也是有文化有知识的人,怎么一点也不尊重科学。

我虽然习惯了领导的批评,但过多的批评还是让我闭上了嘴巴。我怀才不遇地跟着领导在集团的各个机构奔跑。塔镇的质量监督最后打来了电话,说桂花林的桂花全都摘光了,但他肯定这批桂花包装之前是香的。总经理在电话里追问,有没有证据?质量监督犹豫了一会儿,说,有证据,他手里抓着落地的桂花,是香的,这足以证明塔镇桂花仍然是香的,所有的问题还是出在我们集团内部。我说这不就对了,是桂花来到集团以后出的事,桂花的灵魂跑了,桂花不让我们卖呀!我说完就想溜出去捡我的桂花哨,可总经理几乎像对待犯人一样把我推在墙边。领导们忍无可忍,对我大发雷霆,他们几张嘴一齐向我开火。总经理说,小曹你住嘴,一直以为你是个人才,我前几天还表扬你对桂花业做出了大贡献呢,我还准备提拔你当副总呢,没想到这个节骨眼上你是这种熊样,不敢迎接挑战,还在那里阴阳怪气地扰乱军心!常务副总经理平时对我就有成见,这次就找到了机会。他说,我早就看出来了,你是心怀鬼胎,你怀念以前的办事处,你和曹建立两个人一手遮天,我说你你别不承认,你一直想坐我的位子,想夺我的权就冲我来呀,别拿桂花说事,你的灵魂跑了就跑了,别推到桂花身上去!第二副总经理是个女的,平时还经常招呼我去吃她的橘子糖果什么的,这会儿她也气愤了,而且她用妇人的小心眼来揣摩我的心。她说,小曹你太过分了,你们市场部的工作是难,谁都知道,桂花滞销也有个大气候的不利因素,我们领导也是清楚的,没有谁批评你们呀,你怎么能用这种鬼话来推卸责任呢?你这人,说谎也别说这么幼稚的谎话嘛。第三副总经理刚刚从塔镇调来,是我在塔镇中学的同学,我一直怀疑他有一天会当着连锁集团同事的面揭穿我的老底,他忍了好多天,我以为他要给我重新做人的机会,可这会儿他终于跳出来了。他冷笑一声,说,这个人我最清楚,从小到大,一直在编谎话,还以为他痛改前非了呢,没想到当了集团的中层干部,还在编谎话!

不怪我没出息,那天我迷失了方向。我手足无措。如果我是在欺骗,四个领导批评我我是活该,他们即使要把我逮捕法办我也认了,可是我只是告诉他们关于桂花的秘密,他们就这样无情地对待我,我的委屈的眼泪就这样溢满了眼眶。我的眼泪落在一盒桂花的包装盒上,我听见里面的桂花悄悄翻了个身。它们用后背对着我,那意思是少给我装蒜,桂花不同情你,你流多少眼泪还是我们的敌人。我不需要同情,只是想听听谁的意见,事到如今你们让我怎么办?你们让我干什么?你们让我说什么?我把求援的目光投射在四位领导身上,他们一定是发现了我眼睛里的泪光,面面相觑的。很显然,他们善于处理我的工作中暴露的问题,却不善于处理我的眼泪。女经理毕竟是女性,她轻轻叹了口气,说,大家压力都很重,只能承受,竞争都这样残酷。男性的心肠要硬得多,一个副总朝天扮了个鬼脸,意思是压力再重也不能像他那样,精神分裂!另一个则干脆把话说出来了,卖桂花卖出个精神病来了,滑稽!我失去了反驳的能力,那一定是我一生蒙羞的高峰,他们羞辱我的时候我还用泪眼看着他们,指望他们告诉我前进的方向。总经理这时意识到他其实不需要我,你还站在这里干什么?你在这里没有屁用,只会动摇军心。去呀,去找你的客户,不管桂花香不香,产品积压都是你们市场部的事。总经理说着说着灵机一动,说,桂花不香,食品行业不能用,那你去找找生物工程方面的客户,不是说桂花里面有个桂花酶吗,桂花酶没准是个尖端科技产品呢。我预感到总经理会想起这根救命稻草的,我也想到了,可我这会儿不敢再说谎了,我再说谎就不是人了,所以我如实相告,生物工程研究所我也去过了,他们说桂花酶没有研究价值,他们也不要我们的桂花。然后我就看见年过半百的总经理像个愤怒的炮仗一样跳起来了,这儿也不要那儿也不要,你就准备这么放弃市场了?你不知道怎么办了?好,我来告诉你,去找辆平板车,装上你的桂花,沿街叫卖去!

我清楚地记得我在桂花连锁集团得到的最后一道行政命令,去找辆平板车,装上你的桂花,沿街叫卖去!然后我就知道我的末日来临了,桂花的末日也来临了,塔镇的父老乡亲后来都指责我,说我做了辱没塔镇祖宗的事,做了辱没塔镇桂花声誉的事。骂得都对,可你们替我想想吧,当我和塔镇桂花一起被别人当成狗屎时,你让我怎么去讨回狗屎的尊严?

是一九九九年十二月的一天,我推着辆平板车走在天城的大街小巷中,车上装着这年秋天新鲜的塔镇桂花。我沿途吆喝着,卖桂花卖桂花卖新鲜的塔镇桂花出口转内销的塔镇桂花价廉物美香气扑鼻不香不要钱啦。我的叫卖路线主要是在城南,那是天城最传统最古老的居民区,虽然交通拥挤路面高低不平,但我认定那里有保守的老人、怀旧的中年人和好奇的孩子,应该有塔镇桂花的知音。我用心良苦,在一条即将拆迁的曲里拐弯的巷子口终于碰到了几个知音,是几个看不出真实年龄的老妇人。她们大概刚刚表演完秧歌舞回来，每个人的脸上的浓妆还没有卸去，有的腰间还扎着红色的绸带，有的手里拿着粉色的羽毛扇。看见我的桂花车，一个老妇人先叫起来，是塔镇桂花，号称天下第一香呀，怎么拉到街上来卖了？我的鼻子一酸，如果不是那群老妇人围上来，我差点又控制不了自己的感情。我就用熟练的吆喝来掩盖我的悲伤，新鲜的塔镇桂花出口转内销的塔镇桂花价廉物美不香不要钱啦。我看见她们的手在桂花堆里搅拌着，好像是在和面。一个老妇人吸紧鼻子闻着，表情有点茫然，香还是很香，可是香味不太像塔镇桂花呀。我说，塔镇桂花的香味也改进发展了，现在什么都在发展，桂花香不也要发展吗？那老妇人让我说得不停地点头，眼看着她们要踊跃购买了，晴天里又响起一声霹雳，一个女人的声音高亢而尖利地阻挡了我的小买卖，别听他的谎话，那是化肥桂花，你们别上他的当！你们一定猜到是谁来了，是潘丽霞来了。潘丽霞不辞辛苦地跟踪我，跟踪到这里来了，由于跑得太急，她的橘红色西装就那么敞着怀，露出里面的毛衣，甚至棉毛裤的裤腰。这个可怕的丧门星一样的女人，她不顾一个女人必要的仪态，冲过来一把夺下我的秤，你还要骗人？我就是不让你骗，就是不让你骗！老妇人们不知道我和潘丽霞的恩恩怨怨，她们来拉扯潘丽霞，问她什么叫化肥桂花。有个老妇人嘟囔说，她知道桂花分丹桂金桂迟桂花什么的，从来没听说还有化肥桂花。潘丽霞就急迫地说开了，就是用化肥催出来的桂花，一点都不香，这种桂花没有用，你们不该买呀。我看出老妇人们对潘丽霞也并非那么信任，她们仍然留恋地抓捏着桂花，放到鼻子下面闻着，说，香的，香的，怎么不香？潘丽霞一时也蒙了,但她毕竟是从塔镇来的,我看见她抓起一把桂花放在手上捻着,突然就大叫起来,他洒了桂花香精,是桂花香精,不是桂花自己的香,我告诉你们,他是个大骗子,你们相信我,千万别信他的!我看着那些老妇人疑惑的表情,正在考虑如何摆脱潘丽霞的纠缠呢,一个过路的知识分子模样的人在旁边插嘴说,是不是香精的香,在水里泡一泡就见分晓了,化学东西,见了水就分解!这下科学理论帮了潘丽霞的忙,她眼睛一亮,拿了鸡毛当令箭,说,对呀,就让桂花见水,同志们你们告诉我,哪儿有水,有了水你们就知道了,他是一个骗子,他是一个骗子,他是一个十恶不赦的大骗子呀!然后我就听见围观的居民们在说松树塘松树塘什么的,他们说前面就是松树塘,干脆就把这车桂花推到松树塘去吧。

我在天城住了好几年了,为什么从来没听说这儿也有个松树塘?这一切多像一个恶意的安排,松树塘松树塘,我在那儿坠入过深渊,事情不是已经过去了吗?它为什么大老远地从塔镇跑来,还要做我的坟墓?我不要看见什么松树塘,我的身子下意识地向后面倾,拼命地拉拽着车子。可是潘丽霞不答应,她咬着牙,一定要把车子推到松树塘去,旁边的好事的人群也在帮她推,似乎谁都清楚,一到松树塘,我的面目以及桂花的面目就水落石出了。这是我一生最惊恐的一天,我一个人的力气拗不过他们七八个人。我看着一车桂花在剧烈的颠簸下穿过狭窄的小巷,沿途引起了更多人的注目。有人高声问,那人怎么啦,桂花怎么啦?我就想,怎么啦,怎么啦,水落石出啦,水落石出啦。我的头脑当时有一半是清醒的,这一半的清醒提示我,松开手,随他们去,让桂花水落石出去吧,你不必同归于尽。但我不是个自私的人,这会儿你们都看见了,我一直紧紧拽着车把,我就是不愿意抛下这一车桂花。我和我的桂花被狂热的人群拉拽了起码五百米路程,然后我就看见了松树塘,是天城的松树塘,这个城市等待填没的最后一个池塘。池塘边没有一棵树,却堆着许多的垃圾,还有一台推土机摆出要干大工程的架势,煞有介事地站在垃圾旁边。这是天城的松树塘,池塘里的水很浅,油腻发黑的水中漂浮的还是垃圾。这池塘为什么也是松树塘?根本就不配叫松树塘呀,可它也煞有介事地守候在这里,好像它在这里等了好多年,等得很辛苦,现在它要把我捉拿归案了。

这是塔镇桂花在大城市旅行的最后时刻,它们像一群赴难的勇士从车上俯瞰松树塘。它们很平静,就像它们的祖先住在树上时一样。它们仍然善解人意,就像当初自觉地帮助我们桂花办事处创业一样。它们知道现在来到了水边,一切遭遇都会有一个结果了。我看见潘丽霞的手果断地抓住了一把桂花,她说,同志们,我让你们看看,这是什么桂花,我要用事实来说话,你们受骗了,受骗了!我听见那些桂花在潘丽霞的手中均匀地呼吸着,只是呼吸,没有呼救,更没有什么眼泪,我知道这是结局了。池塘边的人们像观看《正大综艺》一样等待着揭开桂花之谜,桂花到底香不香?桂花泡在水中以后还香不香?我看出有几个人想要抢答。我就是不让这些人来抢答,我大声地叫起来,别理她,这个女人是疯子,她精神受到过刺激,是个疯子!池塘边的人群哗然了,有人相信了我的说法。有个老妇人说,看她那种样子,是有点不对头,桂花香不香,也犯不着这样。潘丽霞猛地站住了,然后她张开双臂向我扑过来,当然谁都看得出来,那不是要来拥抱我,是为了与我拼命。我听见什么东西在她的橘红色西装口袋里滚动,她扑过来的动作过于凶猛,那东西就从口袋里掉出来了。猜到是什么东西了吗?不是别的,是我的桂花哨。这女人一直醉心于搜罗我的罪证,竟然把哨子也收起来了!这下我红眼了,好不容易失而复得的哨子,绝不能让它落到我的冤家手里。我也扑过去了,我去抢我的哨子,最后就很不体面地和潘丽霞扭在一起了。我听见桂花哨自动地响起来了,哨声那么尖利那么疯狂,而且哨音之嘹亮让我感到万分震惊。说起来你们不会相信的,我听见的最后一次桂花哨是冲锋哨,冲啊冲啊冲啊。我知道桂花会闻哨而动,它们果然就从车上站起来了。我们塔镇的最后一百公斤桂花,它们就在哨声中跳起来了。我不说谎,最后一百公斤桂花从平板车上跳了起来。池塘边的群众都亲眼看见了,他们以为是风吹的。他们还说,哪来的风呢?怎么桂花在向池塘里涌?我知道不是风,是桂花哨让桂花冲向池塘的。我想去阻挡桂花投水的路线,我用胳膊、双腿甚至我的身体阻挡桂花。但桂花只听哨音,它们轻轻松松地跳越我的身体,向天城的松树塘涌去。你假如去过天城的松树塘就会知道那是一个多么肮脏的池塘,可塔镇桂花就那么义无反顾地冲进去了。旁边的群众终于看出了名堂,他们惊叫起来,这是什么桂花,它们在跳,它们在跑,它们在投水呀!我看见潘丽霞站在那里,手里还牢牢地攥着我的哨子,她脸色煞白地怔在一边,过了一会儿,她明白桂花的意愿了,毕竟是塔镇的女人,最后她跺着脚对我又哭又喊,挡着桂花,挡着桂花,别让它们都下去。可是这会儿觉醒还有什么用,我看着最后一簇落伍的桂花急匆匆地跳过我的手掌。我说,这不是松树塘,你们别下去!桂花不听我的,它们就是要去。我听见潘丽霞也在叫喊,这水多脏呀,你们别下去!桂花当然更不会听她的,最后一簇桂花就那么手挽手地跳向了池塘。我记得好多人都站在池塘边,他们是为了欣赏桂花投水的人间奇迹吗,不是,他们都听见了塔镇桂花告别天城的声音,他们听见一池桂花在向他们告别,就是听不懂桂花在说些什么。所以他们最后都回过头来,用渴求知识的目光看着我,那些桂花,它们在说些什么?

桂花说了些什么?桂花说,桂花不香,桂花不香。我就是这么翻译桂花最后的语言的。后来我一直坐在池塘边,看着池塘里的桂花一沉一浮的。沉下去的桂花在水底下说,桂花不香,桂花不香。浮在水面上的桂花也在顽强地重复:桂花不香,桂花不香。天城的冬天天黑得早,很快月亮爬上了半空。我眼睁睁地看着夜色一点点覆盖了池塘里的桂花,桂花金色的光影越来越黯淡了,后来池塘里就游来了那只大白鹅。我不知道鹅是怎么打听到桂花的消息的,也不知道鹅是从什么方向下水的。我看大白鹅在满池桂花里游弋得那么安详,就知道了,这是它的家。

就是那只大白鹅,它让我泪如雨下。

(2000年)

红 桃 Q

有些人就是改不了小偷小摸的毛病,在我们香椿树街上这种情况尤其严重,你稍不留神家里的腌鱼、香烟甚至扫帚就会失踪。所以那天当我发现我的扑克牌少了一张红桃Q时,我立即想到有人偷去了我的红桃Q。

你不知道我有多么爱护我的扑克牌,那是我在一九六九年唯一的玩具,我常常用它和我哥哥玩一种名叫大洛克的游戏。玩扑克牌是不能缺少任何一张牌的,也正因为如此,我在每一张牌后面都写了我的名字,我以为这样一来谁也不会来偷我的扑克了,可是我错了。我去向我哥哥打听红桃Q的下落,他说,丢一张牌算什么?我们学校李胖的儿子都丢了,一个人丢了都没人找,谁替你找一张破牌?我从他的表情里察觉出某种蹊跷之处,几天前他向我借一毛钱,我没理睬他,我怀疑他故意偷走了红桃Q作为对我的报复。我这么想着就把手伸到他的枕头里、床褥下还有抽屉中搜查起来,你知道我哥哥不是什么好惹的人,他突然大叫起来,你他妈的把我当牛鬼蛇神呀?你他妈的敢抄我的家?说着他就朝我屁股上狠狠地踹了一脚。

后来我们兄弟俩就扭打起来了,后来当然是我挂了眼泪灯笼,我哥哥一看局面不堪收拾了,纵身一跃就跳到了窗外的大街上,隔着窗子对我说,你真他妈的没骨气,丢一张破扑克牌有什么了不起的?不就是一张红桃Q吗,哪天我给你弄一张红桃Q不就完了?

我哥哥是个吹牛皮大王,即使他说那番话是认真的,我也不相信他能弄来那张红桃Q。那是一九六九年,我们这个城市处于一种奇怪的革命之中,人们拒绝了一切娱乐,街上清寂无人,店铺的大门半开半闭,即使你走遍整座城市也看不见一张扑克牌的影子。你想象一九六九年一个雨雪霏霏的冬日,一个孩子在布市街(当时叫红旗街)一带走走停停,沿途趴在每一个柜台上朝货架上张望。营业员说,这位小同志你要什么?孩子说,扑克牌。营业员便都皱起了眉头,语气也不耐烦了,哪有什么扑克牌?没有!

我这么精心描述我当时寻觅扑克牌的情景,只是为了让你相信,我说的一切都是真的。

我跟随我父亲到上海去就是为了买一盒新扑克牌。从我们那座城市坐火车去上海大约需要两个钟头。那是我生平第一次坐火车,但我不记得当时是什么心情了,况且两个钟头的旅程过于短暂,只记得我父亲一直与邻座谈论着橡胶、钢铁什么的,谈着谈着火车就停下来了,上海到了。

一九六九年的上海是灰蒙蒙的死城,我这么说其实多半是一种文学演绎,因为除了那些土黄色的有钟楼的大圆顶房子,还有临近旅社的一长溜摆放豆制品的木架,我对当时上海的街景几乎没有什么记忆。我跟随出公差的父亲走在上海的大街上,眼光只是关注着路边每一家店铺的玻璃柜台。你应该相信,即使是在一九六九年,上海的店铺也比我们那儿的店铺更像店铺,不管是肥皂、草纸还是糖果糕点都整洁有序地摆放在柜台货架上。有几次我一眼就看见类似扑克牌的小纸盒,但每次跑过去一看,那却是一盒伤湿止痛膏或者是一盒香烟,上海也没有扑克牌?上海也没有扑克牌,这让我失望透顶,我想香椿树街上的那些妇女常常叽叽呱呱地谈论上海的商品,她们把上海说成一个应有尽有的城市,现在看来全是骗人的鬼话。

我说过我父亲公务在身,没有时间陪我在店铺里寻觅扑克牌,他要赶在别人下班前办完他的事情。在一幢灰白色的挂着许多标语条幅的水泥大楼前,父亲松开了我的手,他把我推到传达室的窗前,对里面的一个中年女人说,我上你们革委会办点事,你替我看一下我儿子。我看见那女人漠然地扫视着我们,鼻孔里哼了一声,出公差还带着孩子?什么作风!

我父亲无心辩解,他拎着一只黑色公文包匆匆地往楼上跑去,剩下我一个人站在上海的这座陌生的水泥大楼里,站在一个陌生女人冷冰冰的视线里。我看见传达室的炉子上有一壶水噗噗地吐着热气,那些热气在小屋里轻轻地漫溢着,墙上的毛泽东画像和几面红旗便显得有些湿润而模糊,那个女人的双手一直在桌下做着某种机械动作,偶尔地她抬起头朝我瞟上一眼。我突然很想知道她在干什么,于是我撑住窗沿腾起身子,朝桌子下面的那双手看了一眼:我看见一只苍白的手抓着一只圆形绣花架,另一只苍白的手捏着绣花针和丝线;我还看见了那块白绢上的一朵红花,是一朵绣了一半的硕大的红花。

你干什么?女人发现了我的动作,她几乎是惊恐地把手里的东西扔在桌下,伸出一只手来抓我的胳膊,但我躲闪开了。我发现那个女人的眼睛里露出一丝凶光,从桌上捡起一支粉笔朝我扔过来,嘴里恶声恶气地说,哪来的小特务小内奸?鬼头鬼脑的,给我滚开!

我逃到了街道的另一侧。我觉得那个女人莫名其妙,她把两只手藏在办公桌下绣花莫名其妙,她对我喷发的怒火更是莫名其妙。我其实不在乎她把手藏在桌下干什么,不就是绣一朵花吗,为什么要偷偷摸摸的呢?我想假如知道她是在绣花,我才懒得望她一眼。问题是她不知道我的心思,其实当我撑住窗沿看她的手时,我最希望看见的是扑克牌或者只是一张红桃Q。

我第一次去上海充满了失落感,我父亲拉着我的手在上海的街道上怒气冲冲地走,他说,扑克牌,扑克牌,你知不知道那是"封资修"的东西,那不是什么好东西!

现在我可以确定当年随父亲投宿的旅社临近外滩或者黄浦江,因为那天夜里我听见了海关大钟、小火轮以及货船汽笛的声音。我还记得旅社的房间里有三张床,每张床上都悬着夏天才用得上的圆罩形蚊帐。除了我和父亲,房间里还住着一个操北方口音的男人,那个男人长了一脸硬如猪鬃的络腮胡子。

起先我一个人睡一张床。灯开着,窗外的上海在一种类似呜咽的市声中渐渐沉入黑暗,我看不见窗外的事物,我只是透过蚊帐看着房间的墙。墙是米黄色的,墙上有一张爱国卫生月的宣传画,我觉得宣传画上那个手持苍蝇拍的男孩很像我们街上的猫头(猫头也许与失窃的那张红桃Q有关,他是我的重点怀疑对象)。我想了一会儿猫头与红桃Q的事,突然就看见了墙上的那摊血迹,真的是很突然地看见了那摊血迹,它像一张地图印在墙上,贴着床上的蚊帐,离我的枕边仅仅一掌之距。

墙上有血!我朝另一张床上的父亲大叫起来。

哪来的血?我父亲从床上欠起身子,朝我这里草草地望了一眼,他说,是蚊子血,夏天谁打蚊子时留在墙上的。

不是蚊子的血。我有点惊恐地研究着墙上那摊血迹,蚊子的血没有这么多!

别去管它了,闭上眼睛好好睡,马上要拉灯了。父亲说。

我看见那个络腮胡男人钻出蚊帐,他三步两步地跳过来,掀起我床上的蚊帐,是这摊血吧?他看了我一眼,掉头用一种明亮的目光盯着墙上的那摊血迹看,然后我看见那个男人做了一个令人震惊的动作,他把食指放进嘴里含了一会儿,突然伸到墙上的血迹中心狠狠地刮了一下,又把食指放回到嘴里,我看见他微微皱了皱眉头,往地上啐了一口唾沫。

是人血。他三步两步地跳回自己的床,在蚊帐里"嘿"地笑了一声,是人血,我一看就知道是人血。

刹那间恐惧使我的心狂跳起来,我扑向父亲的那张床,什么也没说,一头钻进了父亲的被窝。

是从谁头顶上溅出来的血,我一看就知道了。络腮胡男人说,你要用锥子戳谁的头,血溅到墙上就是那样子,用皮带头抡也差不多,我一看就知道了,这儿肯定押过人。

那不可能,这是旅社。父亲说。

旅社怎么就不能押人?络腮胡男人在蚊帐里再次发出了轻蔑的笑声,他说,你好像什么都没见过,我们单位的澡堂都押过人,那血可不是在墙上,是在天花板上,天花板上呀,你知道人血怎么能溅到天花板上?你没亲眼见过,让你猜也猜不出来。

别说了,我带着孩子。我父亲堵住那男人的话茬说,我带着孩子,孩子胆小。

那男人后来就不再说了。灯熄灭了,旅社的房间也突然陷入一片黑暗之中,包括墙上的那摊血迹也被黑暗湮没了。除了一种模糊微白的反光,我看不见旅社墙面上的任何东西。我听见对面床上的男人打起了浊重的鼾声,后来我父亲也开始打鼾了。

孩子们胆小,那天夜里我一直抓着父亲的一条胳膊,我想象着旅社里曾经发生的这件事情,想象那个流血的人和手拿锥子或者皮带头的人,一时无法入眠。我记得我清晰地听见了上海午夜的钟声,我想那一定就是著名的海关大楼的钟声。

第二天上海没有阳光,天色始终像灰铁皮似的盖在高楼与电线杆的上端,我父亲捧着一张纸条,带着我在一家巨大的商场内穿梭。纸条上列着毛线、床单、皮鞋尺码之类的货品清单,那是邻居们委托父亲购买的。在那座明显留有殖民地气味的建筑物里,人比货品更为丰富芜杂。在皮鞋柜台那里,我差点与父亲失散,我走到文具柜台前,误以为柜台里的一盒回形针是扑克牌。当我沮丧地坐回到试鞋的长椅上,突然发现坐在旁边的不是我父亲,是一个穿着蓝呢子中山装的陌生人。

后来我张着嘴站在椅子上哇哇大哭,我父亲慌慌张张地跑过来,扔下手里的东西就在我屁股上打了两下,他说,让你别乱跑,你偏要乱跑,告诉过你多少遍,这是上海,走丢了没地方找你。我说我没有乱跑,我去找扑克牌了。我父亲没再责备我,他拉着我的手默然地往外面走。上海也没有扑克牌,父亲像是自言自语地说,或许小地方小县城还有扑克牌卖,等我去江西出差时给你看看吧。

大概为了抚慰我,父亲决定带我去黄浦江边看船。我们走到江边时空中已是雨雪霏霏,外滩一带行人寥落。我们沿着江边的铁栏杆走,我第一次看见了融入海洋的江水,江水是灰黄色的漾着油脂的,完全违背了我的想象。我还看见了许多江鸥,它们有着修长而轻捷的翅膀,啼叫声也比香椿树街檐前树上的麻雀响亮一百倍。当然最让我神思飞扬的是那些船舶,那些泊岸的和正在江中行驶的船舶,那些桅杆、舷窗、烟囱、锚柱以及在风中猎猎作响的彩旗,我认为它们与我在图画本上描绘的轮船如出一辙。

雨和雪后来一直飘飘洒洒地落在上海的街道上,直到我和父亲登上那列短途火车的车厢。我的上海之旅结束得如此仓促,再加上恶劣的天气使午后的时间提前进入黑暗,我印象中的回程火车是灰暗而寒冷的。

车厢里几乎是空荡荡的,每一张木制座椅都透出一股凉意。我们原来坐在车厢中部,但那儿的窗玻璃被打碎了,因此父亲领着我走到了车厢尾部,那儿临近厕所,隐约地会飘来一股尿味,但毕竟暖和多了。我记得父亲脱下他的蓝呢子中山装裹在我身上时我问过他,这火车没有人?就我们两个人?父亲说,今天天气不好,又是慢车,坐这车的人肯定就少了。

火车快要启动的时候突然来了四个人,他们挟着车窗外的寒气闯进那节车厢。四个男人,三个年轻的都穿着军用棉大衣,只有那个年长的戴口罩的人穿着与我父亲相仿的蓝呢子中山装。他们一进来我就知道外面的雪下大了,我看见那些人的帽子和肩头落满了大片的雪花。

我想说的就是那四个匆匆而来的旅客,主要是那个戴口罩的老人,让我奇怪的是他始终被另外三个人架着挤着,他们走过我们身边,选择了车厢中部我们原先坐过的座位,他们好像不怕那儿的冷风。我看见那个老人坐在两个同伴中间,他朝我们这里转过头来,但那个动作未能完成,那个花白脑袋好像被什么牵拉着,又转了回去。隔着座椅,我看见的是几个僵硬的背部,有一个人摘下头上的帽子拍了拍雪。仅此而已,我没有听见他们说过一句话。

他们是什么人?我问父亲。

不知道。我父亲也一直冷眼旁观着,但他不允许我站起来朝那群人张望,他说,你给我坐着,不许走过去,也不许朝他们东张西望。

火车在一九六九年的风雪中驶过原野,窗外仍然是阴沉沉的暗如夜色,冬天闲置的农田里已经蒙上了一层薄薄的雪衣。父亲让我看窗外的雪景,我就看着窗外,但我突然听见车厢中部响起了什么声音,是那四个人站了起来,三个穿棉大衣的人簇拥着戴口罩的老人穿过走道,朝我们这里走来。我很快发现他们是要去厕所,让我惊愕的还是戴口罩的老人,他仍然被架着推挤着,他的目光从同伴的肩上挤出来,盯着我和父亲,我清晰地看见他的眼泪,那个戴口罩的老人满眼是泪!

虽然我父亲用力把我往车窗那侧拉拽,我还是看到了三个人一齐挤进厕所的情景,其中包括戴口罩的老人。另外一个年轻人站在门外,他比我哥哥也大不了多少,但他向我投来的冷冷一瞥使我吓了一跳,我缩回了脑袋,轻声对我父亲说,他们进厕所了。

他们进厕所了,进去的是三个人,但那个戴口罩的老人没有出来,出来的是两个年轻人。我听见那三个穿棉大衣的人站在车厢连接处耳语着什么,我忍不住悄悄歪过脑袋,看见的是那三个穿棉大衣的人,其中一个正把大衣领子竖起来护住耳朵。我看见的是那三个穿棉大衣的人,他们推开另一节车厢的门,消失在我的视线里。

我不知道戴口罩的老人怎么样了,我很想去厕所看一眼,但我父亲不准我动弹,他说,你给我坐着,不许走过去。我觉得父亲的神态和声音都显得很紧张。不知过了多久,列车员领着一群带着锣鼓铜钹的文艺宣传队员走进我们这节车厢,我父亲终于把一直抓着我的手松开,他舒了一口气说,你要上厕所？我带你去吧。

厕所的门虚掩着，推开门时一阵狂风让我打了个哆嗦，我一眼发现厕所的小窗敞开着，风与雪一起灌了进来。厕所里没有人，那个戴口罩的老人不见了。

那个老人不见了。我大叫起来，他怎么不见了？

谁不见了？父亲躲避着我的眼睛说，他们到另外一节车厢去了。

那个老人不见了，他在厕所里。我仍然大叫着，他怎么会不见了？

他到另外一节车厢去了，你不是要撒尿吗？我父亲望着窗外的风雪说，这儿多冷，你快点尿吧。

我想撒尿，但我突然看见厕所潮腻的地上有一张扑克牌，说出来你简直无法相信，那正是一张红桃Q，我一眼就看见那是红桃Q，是我丢失了而又找不回来的红桃Q。你完全可以想到我的举动，我弯腰捡起了那张扑克牌，准确地说是抢起了那张扑克牌，我抹去了扑克牌上的泥雪，向我父亲挥着它，红桃Q，正好是一张红桃Q！我记得我父亲当时急遽变化的表情：错愕，迷惑，震惊，恐惧，最后是满脸恐惧。最后我父亲满脸恐惧地抢过那张红桃Q，一扬手扔到窗外，嘴里紊乱地叫喊着，快扔掉，别拿着它，血，牌上有血！

我敢打赌那张扑克牌上没有一滴血迹，但我父亲那么说似乎并非谵妄之言。一九六九年的上海之旅在我的记忆中有一个神秘的句号。关于那个戴口罩的老人，关于那张红桃Q。整个童年时代我父亲始终拒绝与我谈论火车上的那件事情,因此我一直以为那个戴口罩的老人是个哑巴,直到前几年我已能与父亲随便地谈论所有陈年往事时,他才纠正了我记忆中错误的这一部分:你那时候还小,你看不出来,父亲说,他不是哑巴,肯定不是哑巴,你没注意他的口罩在动,他的舌头,他的舌头被,被他们,被……

我父亲没有说下去,他说不下去,他的眼睛里一下子沁满了泪,而我也不需要再说什么了。其实我也不喜欢多谈这件事情,多年来我常常想起火车上那个老人的泪水,想起他的泪水我心里就非常难受。

无论如何红桃Q仅仅是一张扑克牌而已。现在我仍然喜欢与朋友一起玩扑克,每次抓到红桃Q时我总觉得那张牌有某种异常的分量,不管是否适合牌理,那张牌我从不轻易出手,我也不知道为什么,我习惯把那张牌留到最后。

古 巴 刀

世纪末的知识分子突然开始热衷于一个拉丁美洲人的名字：切·格瓦拉。我在一些杂志和报纸上看见那个革命者的照片，是个英俊逼人的穿着军装的白种男子，头戴无舌帽，一脸络腮胡子，他的明亮深邃的眼神令人难忘。这样的眼神在现实生活中是罕见的，因此它使一些随波逐流又不甘平庸的灵魂感到惊悚。有个学西方历史的研究生告诉我，她每次看到格瓦拉的照片就会浑身颤抖。她的这种过度的反应使我惘然。我对一个已故的遥远的革命者的感情也是遥远的，他的照片让我浮想联翩，我猜想摄影师是在玻利维亚的崇山峻岭里拍下了这张具有珍贵价值的照片，那是他当年打游击的地方。我真正感兴趣的是具体的东西，也就是格瓦拉当时的目光所在，他在注视什么？我首先想到了山鹰，在我的意识中山鹰是常用的真正的革命者的象征，但后来我就在一张报纸上看到了一篇文章，文章说格瓦拉六十年代两度访问中国，并且和当时的政府做了一笔食糖生意，作者说那就是为什么三十年前许多中国人尝到了古巴红糖的原因。我回忆起小时候母亲菜篮里的那种酷似黄沙的红糖，甚至回想了它的滋味,不知为什么,我认为这样的联想对一个革命者是不恭的,也是不公平的,几乎是在突然之间,我觉得我理解了格瓦拉的眼神,那样的眼神来自六十年代,到达亘古未变的广袤的天空,到达地球另一侧的东方的中国,然后我看见格瓦拉手持一把刀在甘蔗田里砍甘蔗的情景,我要说的就是他手里的那种刀,那种刀被我和我的小学同学称为古巴刀,不管你信不信,我肯定格瓦拉的甘蔗刀产自中国,而且我可以肯定那是我们熟知的一家工厂的产品。

必须说说这家生产刀具的工厂。无论是过去还是现在,它在我的家乡都不是什么著名的工厂企业。过去它的名字叫作日用五金厂,孩子们有理由鄙视它,现在它更名为刀厂,同样也不能引起别人足够的尊敬。工厂就坐落在香椿树街上,对面是整个香椿树街最脏最臭的公共厕所。有时候你看见从厂里飞快地跑出来一个工人,心急火燎地冲进厕所,过了一会儿你看见那个人慢悠悠地走出厕所向厂门走去。孩子们对日用五金厂的鄙视有一部分是这些来往于厕所的人造成的。学校的老师说工人阶级领导一切,学生们就想起日用五金厂的那些急着上厕所的工人,他们对工厂的生活了如指掌。工厂里只有一个厕所。工人他们就像一台台机器一样照看另外一台台机器,他们守着一台台冲床、车床、铣床、刨床,让堆在露天的一叠叠钢板最后变成了各种各样的水果刀、电工刀、菜刀。谁会对这样的工厂感兴趣呢?让人感兴趣的是一些不确定的事,比如电镀车间的电镀池,传说人不小心掉进池子就会像冰一样融化,连骨头也捞不起来。但我们谁也没听说有这种悲剧发生。

除了古巴刀的故事,值得一说的是工厂大量的废脚料,总是有人在街上央求工厂的某个工人,问他能不能把厂里的下脚料带出来,钉在窗户上当铁栅栏用。那工人也许会说,你明天在围墙外面等着。孩子们在工厂围墙外面见过大量的隔墙飞出的铁皮,铁皮一张张落在地上,琅琅有声,给墙外等候的人带来一种丰收的喜悦。你看见一张张带有整齐图案的铁皮,它们早已经被机器冲压过了,留下来的空白部分乍看就像一片片绿叶,直到此时你才发现街上流行的绿叶形铁栅栏全部是这家工厂扔下的废料。除了古巴刀,你可以从许多人家的窗户上发现香椿树街与工厂唯一亲密的关系。

如果仔细考察,我们会发现日用五金厂的冲床工人陈辉是这种亲密关系的创造者。我前面所说的那个被家庭妇女们当街拦住的人,那个在围墙内侧扔铁皮的工人就是陈辉。

陈辉是个苍白的看上去病恹恹的青年,人们从他的脸色上就能得出他身体不好的结论,只是没有人知道他到底有什么病。我们街上著名的青年领袖三霸和陈辉混得很熟,三霸不认为陈辉有什么病,他说,这家伙经常让人打出血,血出多了就变成个白脸,这有什么奇怪的?三霸还反对别人把陈辉说成他的朋友,三霸说,这家伙窝囊,老挨人揍,他送我那么多刀是拍我马屁,他有事要我摆平。

我们都见过陈辉送给三霸的各种各样的水果刀和电工刀。陈辉下班经过三霸家时会顺便拐进去,推开三霸那间乌烟瘴气的房间的门,拿出他的礼品。有的刀三霸并不喜欢,顺手就送给了别人。我哥哥就在三霸那里得到过一把水果刀,是没有镀过的,刀背上刻着一行草书:上山下乡为人民。

我们头一次见到古巴刀是在冬天。那天下起了大雪,年轻人都很规矩地待在家里,我哥哥那帮人照例聚集在三霸的房间打康乐棋,那天他们看见陈辉像往常那样,有点拘谨地推开门走进来,他的绿色棉军帽上结着一层白色的雪珠。像往常一样,没有人向陈辉多看一眼。陈辉示意三霸到一边去。三霸却不动,三霸说,我在玩你没看见,有什么好东西放在桌上好了。陈辉站在一边,犹豫了一会儿,过了几秒钟他们看见陈辉把手伸进裤腰里,小心地抽出一把刀。一把造型奇特的刀,刀身一尺来长,带有一定的弧度,刀刃两侧都已经开锋,闪烁着银白色的光芒。

古巴刀,陈辉注视三霸的目光中明显地带有一种期盼,他说,你们都不知道的,我们厂里现在在生产古巴刀。

屋子里的人对这种刀都很陌生,他们觉得这是一把怪刀,就像它的名字一样。三霸说,什么古巴刀?为什么叫古巴刀?陈辉说,我也不知道,反正厂里人管它叫古巴刀,说是支援古巴革命的。三霸有点疑惑,问陈辉,古巴革命用刀?他们用刀打仗?陈辉说,有人说是砍甘蔗用的,不管那么多了,反正我觉得这刀不错,我在厂里试过了,砍铁皮,一砍就是两半。三霸嘿嘿地笑起来,他说,砍铁皮痛快,砍人就更痛快了,既然是好刀,明天再给我弄几把嘛,我这里的小兄弟,一人一把。

陈辉脸上流露出一种为难的表情,他避开三霸的眼睛,低头擤了下鼻子。不是我们车间做的。他说,是三车间在做古巴刀,看得很紧,拿那么多不行。陈辉的婉言谢绝使三霸很不习惯,三霸皱了下眉头,说,拿几把刀有什么了不起的?我让你拿你就拿。谁找你的碴子,你找我解决。

陈辉站在那里,看着三霸把古巴刀扔在床底下。拿那么多肯定不行,最多再拿个两三把出来,他看着三霸说,你不知道,三车间看得很紧。三霸却不耐烦了,他挥挥手说,别跟我废话连篇的,你看着办吧。

然后三霸就和我哥哥他们继续打康乐棋,他们玩起来就把什么都忘了。陈辉过来,站在三霸身后看了一会儿,我哥哥记得他还给屋子里的人发了一圈香烟,是很高级的群英牌香烟,后来陈辉就不见了。他们打康乐棋打得热闹,人人眼睛盯着棋盘上的棋子,这种棋子天生就是被杆子击打的,他们看着棋子被打出各种角度的滑行路线,棋子撞在棋盘四壁发出清脆的响声,谁也不知道陈辉是什么时候走的。

说的仍然是那年冬天的事。第一场雪刚刚融化,第二场大雪又纷纷扬扬落在我们城市的大街小巷,走出家门满眼都是白色。这种雪量密集的冬天在南方是很少见的,孩子们得到了意外的礼物,他们在香椿树街的所有空地上堆起了雪人,我的两个表弟那天在日用五金厂门口堆雪人,他们恰好目睹了陈辉东窗事发的一幕。

表弟说他们看见陈辉和一群女工一起向工厂大门走来,有个女工的饭盒掉在地上了,正好掉在陈辉脚下。女工对陈辉喊着,陈辉,帮我捡一下。陈辉愣了一下,他说,你自己捡。陈辉站在那里看着地上的饭盒,他说,懒货,你自己没有手?那个女工叫着陈辉的绰号,死白脸,你拿什么架子?让你捡是看得起你！陈辉就笑了，他弯腰去捡地上的饭盒，旁边的人都发现他弯腰的动作很僵硬，好像是腰部出了毛病。陈辉的腰好像是出了毛病，他改变了姿势，就像给饭盒下跪一样，他跪下来捡那个女工的饭盒，女工们看着他，说，死白脸，你怎么这样笨，腰闪了？陈辉摇着头，他终于把饭盒捡了起来，与此同时，女工们都听见了他的工作服被什么利器划破的声音，她们走过去看他的衣服，紧接着女工们便发出了那阵惊叫声。

陈辉的裤腰里插着三把古巴刀，三把刀已经刺穿他的蓝色工装，露出锃亮的刀尖和刀锋。

表弟说他们看见陈辉被人围了起来，许多人从办公楼里向厂门口跑，然后他们看见陈辉从人群里冲了出来，陈辉举着三把刀从人群中冲出来，向外面跑，他的身后有一群人在追赶。他们看见陈辉的脸色像地上的积雪一样白，陈辉的口袋里有一串钥匙掉在雪地里，但他没有管它，他举着三把刀拼命地向香椿树街的西侧奔跑，工厂的那些人在后面追，他们一边追赶一边叫喊着，陈辉你别跑，回来把事情说清楚！陈辉不理睬他们，他举着三把古巴刀在街上狂奔，路上的行人都看见了他手里的刀，他们先是下意识地躲避，等到明白过来，那些人也加入了追赶的队伍，表弟说起码有二十几个人在后面追陈辉，但是他们都没有追上他。

人们看着陈辉跑进了三霸家，谁也没想到他会跑到三霸家，追赶的人后来就聚拢在三霸家门前，一边敲门一边议论着，他跑到三霸家是什么意思？

我哥哥那天也在三霸家。他们看见陈辉失魂落魄地闯进来，他把古巴刀扔在地上，喘着粗气，他说，古巴刀，我给你拿来了。三霸听见了门外的动静，他说，怎么回事？外面怎么这样闹？三霸到窗前向外面望了一眼就明白了，他说，给人逮着了？给人逮着你还往我家跑？陈辉站在那里，不敢直视三霸的眼睛，他说，你把他们撑开，你能把他们都撑开的。三霸冷冷地看着陈辉，不说话。陈辉求援似的看着屋子里的其他人，他说，是你们要古巴刀，我才拿的。你们出去把他们撑开吧。三霸把康乐棋棋杆扔在桌上，他说，好啊，陈辉，你倒是仗义，偷刀往我家跑，杀了人要不要也往我家跑？陈辉仍然不敢正视三霸，他侧着脸听着外面的动静。外面有人在用力敲门，外面的敲门声已经越来越粗暴越来越响亮了，可以听见敲门声中夹杂着厂里的保卫科长的北方口音，他在外面喊，三霸同志，请你开门，三霸同志你给我想想事情的后果！

据我哥哥透露，当时屋子里的气氛很紧张，他们都看着三霸，看得出来，三霸虽然装得若无其事，但他也有点紧张，他的目光在地上的三把刀和陈辉脸上闪闪烁烁的，他的脸上停留着一种虚假的微笑。大约这样沉默了五分钟，外面的嘈杂声更加厉害了，好像是派出所来了人。三霸向窗外瞥了一眼，然后他弯腰捡起了地上的刀，他将三把刀码齐了，往陈辉的怀里放，他说，拿着，你出去。

屋子里的人都看见了陈辉绝望的眼神，他没有接三霸手里的刀，他说，是给你的刀，是你们要的刀。我哥哥说他清楚地看到陈辉眼睛里的一星泪光，他觉得陈辉说那句话的时候快哭出来了。

三霸不看陈辉的眼睛,他说,把手伸开,接着刀。听见没有?把手伸开!

他们看着三霸将刀用下巴夹住,把陈辉背在身后的手扭了过来,然后三把刀准确地落在陈辉的怀里,三霸说,孬种,好好拿着,滚出去。

他们看见陈辉捧着三把古巴刀站在那里,陈辉傻眼了。陈辉失血的嘴唇恐惧地哆嗦着,他的眼睛却愤怒地瞪着三霸。他们看见陈辉捧着三把刀向门外移了两步,然后他回头瞪着三霸,他的嘴唇哆嗦着,说不出话。三霸说,你他妈瞪着我干什么?给我滚出去,滚出去!

一件不可思议的事情在瞬间发生了。我哥哥看见陈辉的脸在这个瞬间燃烧起来了,陈辉苍白的脸像一团火突然烧得通红,陈辉喉咙里的声音听上去就像一声呻吟,他说,三霸,我认识你了。然后他们看见陈辉调整了握刀的姿势,他的右手抓了两把刀,左手握了一把刀,他对三霸说,你给我开门,你要连开门都不敢,那你就是孬种。

是三霸为陈辉开的门,三霸打开门以后,陈辉像电影里的骑兵一样冲了出去,陈辉狂叫着挥舞手里的三把刀,围在门外的人一哄而散,但是仍然有几个人被吓呆了,他们看见陈辉怒吼着将手里的刀砍向两边的人群,他们不知道躲闪,结果就被砍倒了。我哥哥他们隔窗观望着外面的骚乱场面,他们很想知道陈辉这种人,逼急了他会做出多大的事情,他们都抱着与己无关的态度,看着陈辉手里的刀和刀向两边挥舞时划出的光带,竟然还有人向陈辉叫喊道,砍得好,砍得好!窗外响起了谁的惨叫声,一个看热闹的男孩突然跌倒在三霸家的窗玻璃上,我哥哥说他觉得有一股鲜血热乎乎地溅到他的脸上,然后他看见那男孩的一只手向他伸来,他看见男孩的另一条胳膊,它像一根被折断的树枝在窗前悬荡。

突然出现的血腥场面使许多人乱了方寸,包括日用五金厂的人,包括闻讯赶来的民警,他们不能接近陈辉。抓住他,快抓住他,这样的叫喊声不绝于耳,但是谁也没有能及时制服陈辉。被砍伤的不只是那个男孩,还有杂货店的一个女店员,一个挑担卖菠菜的农民,一个本来腿脚就不方便的老头,人群向四周散去,很明显他们被疯狂的陈辉吓着了。陈辉的一把刀掉在地上,他蹲下去捡刀,就在这时意想不到的事情发生了,陈辉向三霸家的窗子看了一眼,看见三霸和一群青年挤在窗前,他们也在看他,陈辉捡起刀,他的鼻子急剧地抽搐着,然后人们听见疯狂的陈辉张大嘴巴哭了起来,他像一个受了委屈的孩子那样,张大嘴巴哭了起来。我哥哥说民警和保卫科长就是趁这个机会扑上去剪住了他的双手。这家伙不是那块料,我哥哥引用三霸的话说,草包充好汉,迟早要露馅的!

一个瘦小的腰系围裙的女人在曲终人散的时候赶到了三霸家门口。有人认出那是陈辉的母亲。他们看见她手里抓着一把鸡毛掸子。她用鸡毛掸子敲三霸家的窗户,三霸他们在里面继续打他们的康乐棋。三霸对大家说,别理她,她会用鸡毛掸子打人,别看是鸡毛掸子,打在头上也很疼。三霸他们不理睬陈辉的母亲,有人起身拉上了窗帘。过了一会儿他们听见了那个女人的哭声,三霸说,让她哭,千万别理她,让她进来我们就遭殃了。他们继续打康乐棋。康乐棋的棋子在棋盘四壁乒乒乓乓地响着,他们不再关心外面的动静。陈辉母亲也不再敲窗了,她的哭声渐渐地向西飘浮,渐渐地窗外恢复了平静。三霸站起来重新打开窗户,向街上张望了一眼,他说,陈辉现在肯定戴上铐子了。屋子里的青年都附和着说,那还跑得了他?肯定戴上了。然后他们听见三霸突然发出莫名其妙的笑声,看看我捡到了什么好东西?三霸转过身来,脸上笑开了花,他们看见他的手里拿着那把鸡毛掸子。

古巴刀在我们街上风行是在陈辉事件之后。冬天的时候人们都在谈论陈辉,谈论陈辉就一定会谈到他手中那种奇怪的刀,后来就连妇女和孩子都知道古巴刀的厉害了。据说日用五金厂在陈辉事件之后专门召开了全厂大会,警告所有的工人不得将古巴刀带出厂门。没有听说古巴刀是经过什么渠道流出工厂的,不知道是什么人在步陈辉的后尘,总是将危险的古巴刀带给别人。一九七八年发生在城北煤场的集体斗殴死了好多愣头青,警方收缴的武器大多是日用五金厂出产的古巴刀。这事相信香椿树街上的人都听说过,没听说过的是我前面提到的那个拉丁美洲人,切·格瓦拉。

我说的不是切·格瓦拉的故事,他的故事不属于我。这个优秀的革命者与我们无关,即使他的手里曾经握着我所熟悉的古巴刀,我也没有理由因此就同人家套近乎。

这是一种奇特的体验,我把一个早已被杀害的古巴革命者当成了我熟悉的友人,我热爱他的眼神和他的无舌帽。我对这个革命者一生的想象因此出现了某些无稽的内容,我想象古巴炎热的旱季,甘蔗地一望无边,我想象切·格瓦拉在甘蔗田里砍甘蔗,手里拿着我熟悉的古巴刀,我还把他出身高贵的母亲想象成一个普通的农妇,她从山冈上的茅屋里端出一盆清水,等待着儿子从甘蔗田归来。我没有见过他母亲的照片,所以在我的想象中那个南美洲母亲的形象与我母亲是一样的。我清晰地看见那个母亲倚门望子的表情,就像我母亲在七十年代的一些深夜倚门等待我哥哥归来一样。

而且我看见那个美洲母亲反身走进茅屋,再次出来时她的手里拿着一把鸡毛掸子。

吹手向西

到了后来,我再也想不起子韬的脸了。据其他同学回忆,子韬的容貌一般,或者说没有什么特色。他的左脚踝关节处长着一块酱色的疮疤,仅此而已。就是这块疮疤后来渐渐溃烂发炎,直至把他送到射鹿县的麻风病院。

那辆白色救护车停在操场上,大概是午后三点钟光景,子韬站在足球场上,看见三个男人从救护车里跳下来。子韬把足球踢给别人,低着头站着,双脚轮流蹭打地上的草皮。子韬穿着田径裤和蓝白相间的长统线袜,他站在那里,抬头看了看天空,然后弯下腰把线袜拉下来,匆忙地朝自己的踝部扫了一眼,他的脸色立刻苍白起来。当三个男人走近子韬把他凌空架走时,子韬进行了顽强的抵抗。他蹬踢着那些人的脸,同时发出愤怒的狂叫。

我不是。

我不去。

操场上的人听见了子韬的叫声,他们看见子韬脚上的运动鞋在挣扎中掉下来了,而他的袜子也快剥落,露出踝部一大块酱色的疮疤。

还有一个女人戴着口罩从救护车里下来,她提着一架喷射器沿着足球场走,在每个地方都喷下了一种难闻的药水。她对围观的人说,你们快走,我在喷消毒药水。三天内足球场停止使用。

我所供职的报社收到一封读者来信。信中称他是从射鹿麻风病医院逃出来的唯一幸存者,他亲眼目睹了焚烧医院和病人的残酷事实:一百一十三名麻风病人被活活烧死,尸骸埋在公路边的麦田里。

我注意了一下来信,信纸是从小学生作文簿上撕下来的,信封是那种到处出售的印有花卉图案的普通信封。我洗了洗手,用铁夹把信夹着又仔细看了一遍,信尾没有署名,只有三个遒劲有力的大字:幸存者。幸好邮戳还算清晰,邮戳上盖的是射鹿湖里。

这封读者来信被套上了一个塑料袋,在我的同事中间传阅。第二天,我的上司就通知我到射鹿县去调查此事。

射鹿一带河汊纵横,空气清新湿润。公路总是傍着水面向前延伸,路的两侧是起伏均匀的洼地,长满茂密的芦苇和散淡的矢车菊。秋天水位涨高,河汊里的水时而漫过公路路面,汽车有时就从水中驶过,溅起无数水花。开往射鹿的长途汽车因此常常需要紧闭车窗。时间一长,窗外的秋野景色变得单调无味,而车内浑浊的空气又使我昏昏欲睡。

在一个水坝上,汽车莫名其妙地停住了。我随几个人下车探个究竟,看见司机和一个奇怪的男人对峙着。那个男人光着脚,身上裹一件肮脏油腻的军用大衣。他的脸被什么东西涂得又黑又稠,一手高举着一块牛粪状的东西,一手朝司机摊开,嘴里含糊地咕噜着。我问司机,他要干什么?司机笑了笑,说,拦路的泼皮,要两块钱。我凭什么给他两块钱?那个男人突然清晰地狂叫起来,不给钱不让走!司机无可奈何地说,好吧,我上车拿给你。说着眨了眨眼睛。司机把车下的乘客都赶上车,然后他坐到驾驶座上,猛地点火发动,汽车趔趄了一下后往前冲去。我看见那个男人惶乱地跳起来,摔在路坡上,朝木闸那儿滚动了五六米远。最后他趴伏在陡坡上,远看就像一只巨大的蜥蜴。

汽车在受到意外的惊扰后越开越快。我回头看见那个裹着军用大衣的男人已经重新站在水坝上,他现在变得很小,隐隐地传来他愤怒的骂声。根据动作判断,他好像徒劳地朝我们的汽车砸着那团牛粪。

射鹿这地方给我的最初印象很坏,这也影响了我后来的调查。

我在射鹿城里住了一天,发现这个小城没有任何趣味可言,唯一让我惊奇的是城里有几家棺材店,从窄小的门洞望进去,可以看见那些棺材在幽暗中闪着隐晦的红光。我所栖身的招待所房间、床单和枕头上都洒上了劣质花露水,香得让人透不过气来。一切都是刚洗净换上的,但是我无意中发现枕巾上有一块硬斑,不知以前擦过什么东西,头发碰在上面就噼噼地响。陪同我的县委宣传部副部长说,小地方条件差,请你多多包涵了。

我把那封信交给副部长看,他匆匆看了一遍就递还给我,说又是这个疯子,他又出动了。我说,他是谁?副部长苦笑说,要知道他是谁就好办了。这个人每年都要写信给报纸,说我们把麻风病医院烧了,把麻风病人都烧死了,纯属造谣惑众,在你之前已经有许多记者上过他的当了。我把信重新收起来放进包里,我说,射鹿好像是有一个麻风病院。副部长说,有过,但是五年前就迁往别处了。病人也随医院迁走了。我说,医院旧址还在吗?他说,当然在,那么好的房子怎么舍得拆?现在那里是禽蛋加工厂。每年为县里创收三十万元。他暧昧地对我笑笑,又说,你想去那里看看吗?去吃鸡,厂里有的是鸡,我陪你去吃百鸡宴。我点了点头,我说我最喜欢吃鸡了。

第二天我随副部长驱车前往射鹿湖边的麻风病医院旧址。旧址濒临浩渺的射鹿湖,远远地就看见一片白墙红瓦掩映在石榴树林里,空气中隐隐飘来鸡粪的腥臭。吉普车在狭窄的乡间公路上左冲右突,冲进了一片高高的颓散的铁丝网包围圈里。副部长说,这就是以前医院的地盘了,以前还有两圈铁丝网,后来被拉断了,麻风病很危险,隔离措施不严密不行,曾经有病人想逃,结果就被电网打死了,这也是没有办法的事情。

在禽蛋加工厂我参观了宰鸡车间,看见一种奇妙的宰鸡流水线,一只活鸡倒挂在电动铁钩上,慢慢送进宰割机中修饰加工,最后从一个大喇叭口里晕头晕脑地飞出来,已经是光溜溜地开肠破肚一毛不剩了。我面对无数鸡腿鸡翅瞠目结舌。许多宰鸡工人在流水线上安静地操作,我逐个观察他们的皮肤,他们个个红润健康,脸上、手上、脖颈上没有任何可疑的疮疤,很明显,他们不是昔日的麻风病人。

午宴上果然都是鸡,加工厂的厂长热情好客,他竭力劝我把各种鸡都尝一下,并说明哪种鸡是出口的,哪种鸡获得部优称号,但我还是偏爱油炸鸡腿,一连吃了五只。我记得吃到第六只的时候我有点神思恍惚了,我看见第六只鸡腿的踝关节上有一块酱色的疮疤,于是我看见昔日的同学子韬站在足球场上,他慢慢地把线袜往下剥,露出一块酱色的溃烂发炎的疮痂。这时候我感到一阵恶心,捂住了嘴,我飞快地跑到外面,面对一只巨大的塑料鸡笼呕吐起来,吐得很厉害,我几乎把吃进去的鸡全部吐出来了。

副部长和禽蛋加工厂厂长都站在一边看我吐,等我吐完了他们上来扶住我。副部长说,我知道你为什么吐,其实习惯了就会好的。厂长则解释说,这些鸡都是很干净的,卫生检查完全合格,国内国外市场上都很畅销。我为自己的失态而窘迫不安,我说,这跟卫生无关,只是我的胃有问题。

关于麻风病医院旧址的情况,我无法再详细描述了。我沿着业已锈蚀的铁丝网,搜寻某些特殊的痕迹。这里的石榴树长得异乎寻常的高大茁壮,但很少有结果的。树下可以看见几张歪斜的石桌石凳,有一只木质羽毛球拍和袜子、手套之类的杂物在草丛里静静地腐烂。我不能判断它们是何时遗弃在这里的,也许它们同那座迁徙了的医院没有关联。

在射鹿城逗留的那些日子里,我时常有一些谵妄的阴暗的念头。一切都是那封群众来信生发的效果,我对所有的触摸保持高度警惕。除了自由流动的空气,我避免任何东西对皮肤的接触。我不跟人握手。我和衣而睡。我用自己的饭盒和匙子去餐厅吃饭。但即使这样,我在睡眠状态下仍然感到身上处处发痒,尤其是左脚踝关节处,那里奇痒难忍,我在睡梦中仍然记着对麻风病症状的验证办法,我狠狠地掐拧左脚踝关节处。那样的深夜,我听见远远的射鹿湖的潮声和第一声鸡啼,对左脚的疼痛又高兴又惶恐。

走在射鹿城枯燥单调的街道上,对旧友子韬的回忆突然会变得清晰起来,我会发现街上的某个行人很像子韬,我的视线下意识地扫向他们的左脚踝关节,什么也看不见。现在是秋天了,射鹿的男人大多穿着化纤长裤和黑色皮鞋。所以,在大街上寻找一个人常常会一无所获。

你知道一个叫黄子韬的人吗?我问副部长。

他是射鹿人?副部长说,说详细点,射鹿的人我都认识。

不,他是一个麻风病人。

我不认识麻风病人,我怎么会认识他们?

随便问问。我说,他是我的中学同学。

你如果想打听麻风病人的情况,可以去找邓大夫,副部长说,他以前是医院的主治大夫,退休后就留在射鹿了。

后来我真的按地址找到了邓大夫。那是个干瘪苍老的老头,独居在一个潮湿的种满花草的小院里。我是一个人去的,事实上调查至此已经纯属私人性质。我有点胆怯地推开一扇长满青苔的木门,看见台阶上站着那个老头,他背对着我,往墙上挂一只蝴蝶标本。当他回过头时,我猛地看见一只巨大的白纱口罩。那只大口罩把邓大夫的脸全部蒙住,只露出一双敏捷的鹰鹫般的眼睛。

你是谁？我现在不看病了，你要是有病请到县医院皮肤科去，那里有特别门诊。邓大夫在口罩后面发出的声音嗡嗡的。

我意识到发生了一场难堪的误会。我的心情立刻变得很坏。我提高声音说，我不是麻风病人。我来向你打听一个人。

谁？邓大夫依然在挂蝴蝶标本，墙上几乎挂满了五颜六色的蝴蝶标本。他说，他们都跟着医院迁走了。

你知道一个叫黄子韬的病人吗？

黄子韬？邓大夫猛然回过头，口罩外面的眼睛亮了一下，你是他的什么人？你是他兄弟？

没有什么特殊关系，我和他是中学同学。

如果是这样，告诉你也不要紧。邓大夫走下台阶，在距离我两米远的地方站住，他说，黄子韬死了，他逃，让电网电死了。

我一时无言。在满院的茑萝和美人蕉的阴影里，我看见一只白色线袜渐渐剥落，露出一块模糊的疮疤。除此以外，没有其他感觉。

他为什么要逃？我说。

他不相信自己是麻风病，怎么也不相信。他逃了七次，我们对他毫无办法。

明知有电网，为什么让他逃呢？

医生只管治疗他的皮肤，管不住他的头脑。他不相信自己有病，他要逃，你有什么办法？！

确实没有什么办法。我想了想说,转身轻轻地离开小院。我把那扇木门按原样虚掩上,然后从门缝里最后张望了一眼邓大夫,我看见的还是那只巨大的白纱口罩。邓大夫自始至终没有摘下那只口罩。一些茑萝精致的叶子在他的头顶飘拂,让我联想起死亡所具有的诗情画意。

我在射鹿县的调查显然是劳而无功的。新闻就是这样,当一方提供的事实真实可信时,有关的另一方必须隐去,或者说,必须忽略不计。那个写匿名信的幸存者无疑属于后者。况且,在射鹿县的五十万人口中寻找写信人不啻海底捞针。

最后那天,我搭便车去了湖里。湖里是一个乡,在射鹿湖的西岸。我想湖里大概是射鹿县景色最优美的地方了,我独自在水边的乡间公路上走,拍下了一些典型的风光照片。我甚至在一片水洼地边拍到了野生天鹅的照片,那只天鹅风姿绰约,独饮清泉,它也可以替代那篇无法完成的惊人新闻登上报纸头版。我怀着一种愉悦的心情跟着那只天鹅穿越了乡间公路。天鹅步态轻盈欲飞欲走,它在一个大草垛上停留了片刻后,飒飒地飞离地面。我不知道它会飞到哪里去,我是无法测定天鹅的行踪的。

关键是那个大草垛,我突然注意到草垛上用石灰水刷写的几个大字:吹手向西。我觉得这个路标的语意很奇怪,在空寂的乡间公路上,它指点人们向西寻找吹手,吹手是凭借乐器送死者升天的行当,那么在荒凉无人的湖里地带,吹手能等到他的雇主吗?

我极目西望,方圆几里看不见一座村庄。在公路的西面,在一片瓜地中央,有一座低矮的窝棚。我似乎还看见一件白色的衬衫在两棵树之间随风飘动。我朝西走去,路标告诉我,吹手就坐在窝棚里等待。

我弯腰钻进窝棚,看见一个满面络腮胡子的男人坐在一张草席上,他在吃一只熟透了的西瓜。窝棚里光线黯淡,看不清吹手的脸,我只觉得他的牙齿很白而他手里的西瓜很红。

你家有丧事?吹手把瓜往地上一扔,朝墙上摘着什么。

不,我只是看看。

是你父亲还是妻子,还是孩子?

不,都不是,我有个同学死了。

我只吹唢呐。吹手将一只发亮的唢呐朝我晃晃,你如果要请吹箫人、打鼓的,还要往西走,再走三里地。

我往窝棚的门口挪了挪,坐下来。我闻见窝棚里有一种植物或者生肉腐烂的气味。我转过脸看了看挂在两棵树之间的白衬衫。我说,我有个同学死了。

同学是什么?吹手问,是亲戚吗?

吹手挨近我,他的一条腿懒散地斜伸着,伸到我的面前。阳光投射到窝棚的门口,照亮吹手光裸的粗壮的小腿,我差点叫出声来,因为我看见吹手的左腿踝关节处有一块酱色的疮疤。

我跳起来,离开了窝棚。我站着大口地喘气,四周是空旷的湖里野地,风从湖上来,拂动吹手晾晒的白衬衫,这个时刻,世界对于我变得虚幻不定。

我听见窝棚里传来了沉闷的唢呐声,戛然而止,好像呜咽,接着唢呐大概被吹手悬挂了起来,发出清脆的金属碰撞声。

喂,到底是谁死了?吹手在窝棚里问。

我没有说话。我的眼前固执地重复着一个画面:我看见子韬的白线袜渐渐地从腿上褪落下来,他单腿站在足球场上,沉重地抬起左脚,他的左脚踝关节处结着酱色的疮痂,它在阳光的照射下溃烂发炎。

你如果要请吹笛的、拉琴的,还要往西走。往西再走三里地。吹手在窝棚里说。

从射鹿回来的第二天,我发现我的左脚踝部开始发痒,细细一看,还有一块隐隐的红斑。我到医院的皮肤科挂了急诊,我怀着异样焦灼的心情观察医生对那块红斑的检查。但是我不能从医生漠然没有表情的脸上得出任何结论。

会不会是……?当我的左脚被医生抓住时我欲言又止。

是什么?医生已经推开了那只脚,她说,什么也不是,你不过是被跳蚤咬了一口。

小　偷

小偷在箱子里回忆往事。如此有趣的语言总是有出处的。事实上它缘于一次拆字游戏。圣诞节的夜晚,几个附庸风雅的中国人吃掉了一只半生不熟的火鸡,还喝了许多白葡萄酒和红葡萄酒。他们的肠胃没有产生什么不适的感觉。他们聊天聊到最后没什么可聊了,有人就提议做拆字游戏。所谓的拆字游戏要求参加者在不同的纸条上写下主语、状语、谓语、宾语,纸条和词组都多多益善,纸条与词组越多组合成的句子也越多,变化也越大。他们都是个中老手,懂得选择一些奇怪的词组,在这样的前提下拼凑出来的句子就有可能妙趣横生,有时候甚至让人笑破肚皮。这些人挖空心思在一张张纸条上写字,堆了一桌子。后来名叫郁勇的人抓到了这四张纸条:小偷在箱子里回忆往事。

游戏的目的达到了,欢度圣诞节的朋友们哄堂大笑。郁勇自己也笑。笑过了有人向郁勇打趣,说,郁勇你有没有可以回忆的往事?郁勇反问道,是小偷回忆的往事?朋友们都说,当然是小偷回忆往事,你有没有往事?郁勇竟然说,让我想一想。大家看着郁勇抓耳挠腮的,并没有认真,正要继续游戏的时候,郁勇叫起来,我要回忆,他说,我真的要回忆,我真的想起了一段往事。

这是谁也没有预料到的,郁勇说了一个别人无法打断的故事。

我不是小偷,当然不是小偷。你们大概都知道,我不是本地人,我在四川出生,小时候跟着我母亲在四川长大。我母亲是个中学教师,我父亲是空军的地勤人员,很少回家。你们说像我这种家庭环境里的孩子可能当小偷吗,当然不会是小偷,可我要说的是跟小偷沾边的事情,你们别吵了,我就挑有代表性的事情说,不,我就说一件事吧,就说谭峰的事。

谭峰是我在四川小镇上的唯一一个朋友,他跟我同龄,那会儿大概也是八九岁。谭峰家住在我家隔壁,他父亲是个铁匠,母亲是农村户口,家里一大堆孩子,就他一个男的,其他全是女孩子,你想想他们家的人会有多么宠爱谭峰。他们确实宠爱他,但是只有我知道谭峰偷东西的事情,除了我家的东西他不敢偷,小镇上几乎所有人家都被他偷过。他大摇大摆地闯到人家家里去,问那家的孩子在不在家,就那么一会儿工夫,他就把桌上的一罐辣椒或者一本连环画塞在衣服里面了。有时候我看着他偷,我的心怦怦地跳,谭峰却从来若无其事。他做这些事情不避讳我,是因为他把我当成最忠实的朋友,我也确实给他做过掩护,有一次谭峰偷了人家一块手表,我知道那时候一块手表是很值钱的,那家人怀疑是谭峰偷的,一家几口人嚷到谭峰家门口,谭峰把着门不让他们进去,铁匠夫妻都出来了,他们不相信谭峰敢偷手表,但是因为谭峰嘴里不停地骂脏话,铁匠就不停地拧他的耳朵,谭峰嘴犟,他大叫着我的名字,要我出来为他作证,我就出去了,我说谭峰没有偷那块手表,我可以证明。我记得当时谭峰脸上那种得意的微笑和铁匠夫妇对我感激涕零的眼神,他们对围观者说,那是李老师的孩子呀,他家教好,从来不说谎的。这件事情就因为我的原因变成了悬案,过了几天丢手表的那家人又在家里发现了那只手表,他们还到谭峰家来打招呼,说是冤枉了谭峰,还给他送来一大碗汤圆,谭峰捧着那碗汤圆叫我一起吃,我们俩很得意,是我让谭峰悄悄地把手表送回去的。

我母亲看不惯谭峰和他们一家,不过那个年代的人思想都很先进,她说能和工农子弟打成一片也能受一点教育,她假如知道我和谭峰在一起干的事情会气疯的,偷窃,我母亲喜欢用这个词,偷窃是她一生最为痛恨的品行,但她不知道我已经和这个词汇发生了非常紧密的联系。

假如不是因为那辆玩具火车,我不知道我和谭峰的同盟关系会发展到什么程度。谭峰有一个宝库,其实就是五保户老张家的猪圈。谭峰在窝藏赃物上很聪明,老张的腿脚不太灵便,他的猪圈里没有猪,谭峰就挖空了柴草堆,把他偷来的所有东西放在里面,如果有人看见他,他就说来为老张送柴草,谭峰确实也为老张送过柴草,一半给他用,一半当然是为了扩大他的宝库。

我跟你们说说那个宝库,里面的东西现在说起来是很可笑的,有许多药瓶子和针剂,说不定是妇女服用的避孕药,有搪瓷杯、苍蝇拍、铜丝、铁丝、火柴、顶针、红领巾、晾衣架、旱烟袋、铝质的调羹，都是些乱七八糟的东西。谭峰让我看他的宝库，我毫不掩饰我的鄙夷之情，然后谭峰就扒开了那堆药瓶子，捧出了那辆红色的玩具火车，他说，你看。他小心翼翼地捧着火车，同时用肘部阻挡我向火车靠近，他说，你看。他的嘴上重复着这句话，但他的肘部反对我向火车靠近，他的肘部在说，你就站那儿看，就看一眼，不准碰它。

那辆红色的铁皮小火车，有一个车头和四节车厢，车头顶端有一个烟囱，车头里还坐着一个司机。如今的孩子看见这种火车不会稀罕它，可是那个时候，在四川的一个小镇上，你能想象它对一个男孩意味着什么，是人世间最美好的东西，对吗？我记得我的手像是被磁铁所吸引的一块铁，我的手情不自禁地去抓小火车，可是每次都被谭峰推开了。

你从哪儿偷来的？我几乎大叫起来，是谁的？

卫生院成都女孩的。谭峰示意我不要高声说话，他摸了一下小火车，突然笑了起来，说，不是偷的，那女孩够蠢的，她就把小火车放在窗前嘛，她请我把它拿走，我就把它拿走了嘛。

我认识卫生院的成都女孩，那个女孩矮矮胖胖的，脑子也确实笨，你问她一加一等于几，她说一加一是十一。我突然记起来成都女孩那天站在卫生院门前哭，哭得嗓子都哑了，她父亲何医生把她扛在肩上，像是扛一只麻袋一样扛回了家，我现在可以肯定她是为了那辆小火车在哭。

我想象着谭峰从窗子里把那辆小火车偷出来的情景，心里充满了一种嫉妒，我发誓这是我第一次对谭峰的行为产生嫉妒之心。说起来奇怪，我当时只有八九岁，却能够掩饰我的嫉妒,我后来冷静地问谭峰,火车能开吗?火车要是不能开,就没什么稀罕的。

谭峰向我亮出了一把小小的钥匙。我注意到钥匙是他从裤子口袋里掏出来的,一把简单的用以拧紧发条的钥匙。谭峰露出一种甜蜜的自豪的微笑,把火车放在地上,他用钥匙拧紧了发条,然后我就看见小火车在猪圈里跑起来了,小火车只会直线运动,不会绕圈,也不会拉汽笛,但是这对于我来说已经是一个奇迹了。我不想表现得大惊小怪,我说,火车肯定能跑,火车要是不能跑还叫什么火车?

事实上我的那个可怕的念头就是在一瞬间产生的,这个念头起初很模糊,当我看着谭峰用柴草把他的宝库盖好,当谭峰用一种忧虑的目光看着我,对我说,你不会告诉别人吧?我的这个念头渐渐地清晰起来,我没说话,我和谭峰一前一后离开了老张的猪圈,路上谭峰扑了一只蝴蝶,他要把蝴蝶送给我,似乎想作出某种补偿。我拒绝了,我对蝴蝶不感兴趣。我觉得我脑子里的那个念头越来越沉重,它压得我喘不过气来,可是我无力把它从我脑子里赶走。

你大概能猜到我做了什么。我跑到卫生院去找到了何医生,告诉他谭峰偷了他女儿的小火车。为了不让他认出我的脸,我还戴了个大口罩,我匆匆把话说完就逃走了。回家的路上我恰好遇到了谭峰,谭峰在学校的操场上和几个孩子在踢球玩,他叫我一起玩,我说我要回家吃饭,一溜烟似的就逃走了。你知道告密者的滋味是最难受的,那天傍晚我躲在家里,竖着耳朵留心隔壁谭峰家的动静,后来何医生和女孩果然来到了谭峰家。

我听见谭峰的母亲扯着嗓子喊着谭峰的名字,谭峰父亲手里的锤子也停止了单调的吵闹声。他们找不到谭峰,谭峰的姐姐妹妹满镇叫喊着谭峰的名字,可是他们找不到谭峰。铁匠怒气冲冲地来到我家,问我谭峰去了哪里,我不说话,铁匠又问我,谭峰是不是偷了何医生家的小火车,我还是不说话,我没有勇气作证。那天谭铁匠干巴的瘦脸像一块烙铁一样嗞嗞地冒出烈焰怒火,我怀疑他会杀人。听着小镇上响彻谭峰家人尖厉疯狂的喊声,我后悔了,可是后悔来不及了,我母亲这时候从学校回来了,她在谭峰家门前停留了很长时间,等到她把我从蚊帐后面拉出来,我知道我把自己推到绝境中了。铁匠夫妇跟在我母亲身后,我母亲说,不准说谎,告诉我谭峰有没有拿那辆小火车?我无法来形容我母亲那种严厉的无坚不摧的眼神,我的防线一下就崩溃了,我母亲说,拿了你就点头,没拿你就摇头。我点了点头。然后我看见谭铁匠像个炮仗一样跳了起来,谭峰的母亲则一屁股坐在了我家的门槛上,她从鼻子里甩出一把鼻涕,一边哭泣一边诉说起来。我没有注意听她诉说的内容,大意反正就是谭峰跟人学坏了,给大人丢人现眼了。我母亲对谭峰母亲的含沙射影很生气,但以她的教养又不愿与她斗嘴,所以我母亲把她的怨恨全部发泄到了我的身上,她用手里的备课本打了我一个耳光。

他们是在水里把谭峰抓住的,谭峰想越过镇外的小河逃到对岸去,但他只是会两下狗刨式,到了深水处他就胡乱扑腾起来,他不喊救命,光是在水里扑腾,铁匠赶到河边,把儿子捞上了岸,后来他就拖着湿漉漉的谭峰往家里走,镇上人跟着父子俩往谭峰家里走,谭峰像一根圆木在地上滚动,他努力地朝两边仰起脸,唾骂那些看热闹的人,看你妈个×,看你妈个×!

正如我所预料的那样,谭峰不肯坦白。他不否认他偷了那辆红色小火车,但就是不肯说出小火车的藏匿之处。我听见了谭铁匠的咒骂声和谭峰的一次胜过一次的尖叫,铁匠对儿子的教育总是由溺爱和毒打交织而成的。我听见铁匠突然发出一声山崩地裂的怒吼,哪只手偷的东西?左手还是右手?话音未落谭峰的母亲和姐姐妹妹一齐哭叫起来,当时的气氛令人恐怖,我知道会有什么可怕的事情发生,我不愿意错过目睹这件事情的机会,因此我趁母亲洗菜的时候一个箭步冲出了家门。

我恰好看见了铁匠残害他儿子的那可怕的一幕,看见他把谭峰的左手摁在一块烧得火红的烙铁上,也是在这个瞬间,我记得谭峰向我投来匆匆的一瞥,那么惊愕那么绝望的一瞥,就像第二块火红的烙铁,烫得我浑身冒出了白烟。

我说得一点也不夸张,我的心也被烫出了一个洞。我没听见谭峰响彻小镇上空的那声惨叫,我掉头就跑,似乎害怕失去了左手手指的谭峰会来追赶我。我怀着恐惧和负罪之心疯狂地跑着,不知怎么就跑到了五保户老张的猪圈里。说起来真是奇怪,在那样的情况下我仍然没有忘记那辆红色的小火车,我在柴草堆上坐了一会儿,下定决心翻开了谭峰的宝库。我趁着日落时最后的那道光线仔细搜寻着,让我惊讶的是那辆红色的小火车不见了,柴草垛已经散了架,我还是没有发现那辆红色的小火车。

谭峰并不像我想象的那么愚笨,他把小火车转移了。我断定他是在事情败露以后转移了小火车,也许当他姐姐妹妹满镇子叫喊他的时候,他把小火车藏到了更为隐秘的地方。我站在老张的猪圈里,突然意识到谭峰对我其实是有所戒备的,也许他早就想到有一天我会告密,也许他还有另一个宝库,想到这些我有一种莫名的失落和悲伤。

你能想象事情过后谭家的混乱吧,后来谭峰昏过去了,是铁匠一直在呜呜地哭,他抱着儿子一边哭着一边满街寻找镇上的拖拉机手。后来铁匠夫妇都坐上了拖拉机,把谭峰送到三十里外的地区医院去了。

我知道那几天谭峰会在极度的疼痛中度过,而我的日子其实也很难熬。一方面是由于我母亲对我的惩罚,她不准我出门,她认为谭峰的事情有我的一半责任,所以她要求我像她的学生那样,写出一份深刻的检讨。你想想我那时候才八九岁,能写出什么言之有物的检讨呢,我在一本作业本上写写画画的,不知不觉地画了好几辆小火车在纸上,画了就扔,扔了脑子里还在想那辆红色的小火车。没有任何办法,我没有办法抵御小火车对我产生的魔力,我伏在桌子上,耳朵里总是听见隐隐约约的金属声,那是小火车的轮子与地面摩擦时发出的声音。我的眼前总是出现四节车厢的十六个轮子,还有火车头上端的那个烟囱,还有那个小巧的脖子上挽了一块毛巾的司机。

让我违抗母亲命令的是一种灼热的欲望,我迫切地想找到那辆失踪的红色小火车。母亲把门反锁了,我从窗子里跳出去,怀着渴望在小镇的街道上走着。我没有目标,我只是盲目地寻找着目标。是八月的一天,天气很闷热,镇上的孩子们聚集在河边,他们或者在水中玩水,或者在岸上做着无聊的官兵捉强盗的游戏,我不想玩水,也不想做官兵做强盗,我只想着那辆红色的铁皮小火车。走出镇上唯一的麻石铺的小街,我看见了玉米地里那座废弃的砖窑。这一定是人们所说的灵感,我突然想起来谭峰曾经把老叶家的几只小鸡藏到砖窑里,砖窑会不会是他的第二个宝库呢,我这么想着无端地紧张起来,我搬开堵着砖窑门的石头,钻了进去,我看见一些新鲜的玉米秆子堆在一起,就用脚踢了一下,你猜到了? 你猜到了。事情就是这么简单,不是说苍天不负有心人吗? 我听见了一种清脆的回声,我的心几乎要停止跳动了,苍天不负有心人呀,就这么简单,我在砖窑里找到了成都女孩的红色小火车。

你们以为我会拿着小火车去卫生院找何医生? 不,要是那样也就不会有以后的故事了。坦率地说我根本就没想物归原主,我当时只是发愁怎样把小火车带回家,不让任何人发现。我想出了一个办法,把汗衫脱下来,又掰了一堆玉米,我用汗衫把玉米连同小火车包在一起,做成一个包裹,提着它慌慌张张地往家里走。我从来不像镇上其他的男孩一样光着上身,主要是母亲不允许,所以我走在小街上时总觉得所有人都在朝我看,我很慌张,确实有人注意到了我的异常,我听见一个妇女对另一个妇女说,热死人的天,连李老师的孩子都光膀子啦。另一个妇女却注意到了我手中的包裹,她说,这孩子手里拿的什么东西,不会是偷的吧? 我吓了一跳,幸亏我母亲在镇上享有美好的声誉,那个多嘴的妇女立刻受到了同伴的抢白,她说,你乱嚼什么舌头?李老师的孩子怎么会去偷东西?

我的运气不错,母亲不在家,所以我为小火车找到了安身之处,不只是床底下的杂物箱,还有两处作为机动和临时地点,一处是我父亲留在家里的军用棉大衣,还有一处是厨房里闲置不用的高压锅。我藏好了小火车,一直坐立不安。我发现了一个问题,就是那把拧发条的钥匙,谭峰肯定是把它藏在身边了。我得不到钥匙,就无法让小火车跑起来,对于我来说,一辆不能运动的小火车起码失去了一大半的价值。

我后来的烦恼就是来自这把钥匙。我根本没考虑过谭峰回家以后如何面对他的问题。我每天都在尝试自己制作那把钥匙,有一天我独自在家里忙乎,在磨刀石上磨一把挂锁的钥匙,门突然被谁踢开了,进来的就是谭峰。谭峰站在我的面前,气势汹汹地瞪着我,他说,你这个叛徒,内奸,特务,反革命,四类分子!我一下子乱了方寸,我把挂锁钥匙紧紧地抓在手心里,听凭谭峰用他掌握的各种词汇辱骂我,我看着他的那只被白布包得严严实实的左手,一种负罪感使我失去了还击的勇气。我保持沉默,我在想谭峰还不知道我去过砖窑,我在想他会不会猜到是我去砖窑拿走了小火车。谭峰没有动手,可能他知道自己只用一只手会吃亏,所以他光是骂,骂了一会儿他觉得没意思了,就问我,你在干什么?我还是不说话,他大概觉得自己过分了,于是他把那只左手伸过来让我参观,他说,你知道绑了多少纱布,整整一卷呢!我不说话。谭峰就自己研究手上的纱布,看了一会儿他忽然得意地笑起来,说,我把我老子骗了,我哪儿是用左手拿东西,是右手嘛。他向我提出了一个问题,喂,你说烫左手合算还是烫右手合算?这次我说话了,我说,都不合算,不烫才合算。他愣了一下,对我做了个轻蔑的动作,傻瓜,你懂个屁,右手比左手重要多了,吃饭干活都要用右手,你懂不懂?

谭峰回家后我们不再在一起玩了,我母亲禁止,铁匠夫妇也不准他和我玩,他们现在都把我看成一个狡猾的孩子。我不在乎他们对我的看法,我常常留心他们家的动静,是因为我急于知道他是否去过砖窑,是否会怀疑我拿了那辆红色小火车。

那一天终于来到了。已经开学了,我被谭峰堵在学校门口,谭峰的模样显得失魂落魄的,他用一种近乎乞求的眼神盯着我,他说,你拿没拿?我对这种场景已经有所准备,你不能想象我当时有多么的冷静和世故,我说,拿什么呀?谭峰轻轻地说,火车。我说,什么火车?你偷的那辆火车?谭峰说,不见了,我把它藏得好好的,怎么会不见了呢?我告诫自己要冷静,不能提砖窑两个字,于是我假充好人地提醒他,你不是放在老张家的猪圈里了吗?谭峰朝我翻了个白眼,随后就不再问我什么了,他开始向操场倒退着走过去,他的眼睛仍然迷惑地盯着我,我也直视着他的眼睛,随他向操场走去。你肯定不能相信我当时的表现,一个八九岁的孩子,会有如此镇定成熟的气派。这一切并非我的天性,完全是因为那辆红色的小火车。

我和谭峰就这样开始分道扬镳,我们是邻居,但后来双方碰了头就有一方会扭过脸去,这一切在我是由于一个沉重的秘密,在谭峰却是一种创伤造成的。我相信谭峰的左手包括他的内心都遭受了这种创伤,我得承认,那是我造成的。我记得很清楚,大概是在几个月以后,谭峰在门口刷牙,我听见他在叫我的名字,等我跑出去,他还在叫我的名字,但他并不朝我看一眼,他在自言自语,他说,郁勇,郁勇,我认识你。我当时一下子就闹了个大红脸,我相信他掌握了我的秘密,让我纳闷的是自从谭峰从医院回家,我一直把小火车藏在高压锅里,连我母亲都未察觉,谭峰怎么会知道?难道他也是凭借灵感得知这个秘密的吗?

说起来可笑,我把小火车弄到手以后很少有机会摆弄它,更别提那种看着火车在地上跑的快乐了,我只是在确保安全的情况下偶尔打开高压锅的盖子,看它几眼,仅仅是看几眼。你们笑什么?做贼心虚?是做贼心虚的感觉,不,比这个更痛苦更复杂,我有几次做梦梦见小火车,总是梦见小火车拉响汽笛,梦见谭峰和镇上的孩子们迎着汽笛的声音跑来,我就被吓醒了,我知道梦中的汽笛来自五里地以外的宝成铁路,但我总是被它吓出一身冷汗。你们问我为什么不把火车还给谭峰?错了,按理要还也该还给成都女孩,我曾经有过这个念头,有一天我都走到卫生院门口了,我看见那个女孩在院子里跳橡皮筋,快快活活的,她早就忘了小火车的事了。我想既然她忘了我还有什么必要做这件好事呢?我就没搭理她,我还学着谭峰的口气骂了她一句,猪脑壳。

我很坏?是的,我小时候就坏,就知道侵吞赃物了。问题其实不在这里,问题在于我想有这么一个秘密,你们替我想想,我怎么肯把它交出去?然后很快就到了寒假,就是那年寒假,我父亲从部队退役到了武汉,我们一家要从小镇迁到武汉去了。这个消息使我异常兴奋,不仅因为武汉是个大城市,也因为我有了机会彻底地摆脱关于小火车的苦恼,我天天盼望着离开小镇的日子,盼望离开谭峰离开这个小镇。

离开那天小镇下着霏霏冷雨,我们一家人在汽车站等候着长途汽车。我看见一个人的脑袋在候车室的窗子外面闪了一下,又闪了一下。那是谭峰,我知道是他,但我不理他。是我母亲让我去向他道别,她说,是谭峰要跟你告别,你们以前还是好朋友,你怎么能不理他?我只好向谭峰走过去,谭峰的衣服都被雨点打湿了,他用那只残缺的手抹着头发上的水滴,他的目光躲躲闪闪的,好像想说什么,却始终不开口,我不耐烦了,我转过身要走,一只手却被拉住了,我感觉到他把什么东西塞在了我的手里,然后就飞快地跑了。

你们都猜到了,是那把钥匙,红色小火车的发条钥匙!我记得钥匙湿漉漉的,不知是他的手汗还是雨水。我感到很意外,我没想到会有这么一个结局,直到现在我对这个结局仍然感到意外。有谁知道谭峰是怎么想的吗?

朋友们中间没人愿意回答郁勇的问题,他们沉默了一会儿,有人问郁勇,他那辆小火车现在还在吗?郁勇说,早就不在了。到武汉的第三天,我父母就把它装在盒子里寄给何医生了。又有人愚蠢地说,那多可惜。郁勇笑起来,他说,是有点可惜,可你怎么不替我父母想想,他们怎么会愿意窝藏一件赃物?他们怎么会让我变成一个小偷?

蝴 蝶 与 棋

他们告诉棋手,水边棋舍只是一间草棚,就在对面的湖岸上。你可以走路去,你要是怕走路就搭捕鱼人的小船去。寺前村的老人们端详着风尘仆仆的棋手,他们说,那地方没人去,只有放羊的孩子在那里躲雨躲太阳。你为什么要到那里去呢?

棋手拍了拍他的黄色帆布背包,背包里响起了一阵类似石子相撞的清冽的声音。棋手微笑着把背包放到老人们耳边,他说,听,棋的声音,我去那里下棋。棋手初到寺前村就以他的言行引起了本地人对他的注意,他的眼睛当时仍然纯净而明亮,正像他背包里的棋子一样黑白分明。

那年春天我也来到了寺前村。我是听从了一个昆虫学家的建议来这寻找紫线凤蝶的。当然,假如你了解蝴蝶栖身的习性并且到过寺前村,或许你也会向我提出同样的建议。

再也没有像寺前村这样适宜捕捉蝴蝶的地方了,这么开阔的湖边草滩,这么繁茂的花树灌木,湿润的空气里似乎也浮满了花粉,有时候你甚至怀疑闻到了蝴蝶分泌物的气味。在寺前村周围你随处可见蝴蝶集队起舞的景象,你把纱兜往空中一扑,扑到的不是一只,而是两只、三只,甚至有时是一堆五彩纷呈的蝴蝶。

我记得那天始终没有找到那种紫线凤蝶,但我捕捉到了红翅尖粉蝶、粗脉棕斑蝶,我的标本夹里还躺了一只金裳凤蝶,应该说我已经感到满意了。我忘了湖边的暮霭已经越来越浓重,太阳也早就跌入了远处的山谷,我曾想起路边的那家小旅店,那该是我度过这个乡村之夜的唯一去处了。

湖沉在暮色底部,水面上隐约浮升起淡淡的雾雨,浅滩上的芦苇无风而动,偶尔能听见鹧鸪和野鸭的叫声。我环湖疾走的时候突然发现寺前村一带充满着罕见的安宁气氛,就是这种安宁使我莫名地慌乱起来,我一路小跑地穿过了一片低矮而茂密的桃树林,也就在那时我看见一只被惊飞的硕大的蝴蝶,它掠过我的额角遁入黄昏树影之中,我依稀看见一丝紫色的荧光。我没有看清那只蝴蝶真实的色彩和线纹,但不知怎么我敢确定那就是我苦心搜寻的紫线凤蝶。

小旅店里空无一人。门厅里的一盏油灯照亮了墙壁和地面的局部,都是灰暗的斑斑驳驳的,柜台实际上是一只学校里搬来的课桌,我的手放在上面摸到了一层油腻和灰尘的混合物,又把手伸到桌洞里,结果掏出了一个笔记本。我猜那算是来客登记簿,在油灯下我看见几个陌生的人名躺在泛潮的纸页上,最近的登记日期距此也已半月之遥。

我始终没有找到小旅店的主人。墙上曾经写过几排字,来客须知,但除了这几个字还能辨认,别的字迹已经完全被胡涂乱抹的墨汁覆盖了。我又朝着走廊深处喊了几声,回应我的竟然是一只野猫的叫声,那只猫奔过我身边,在旅店洞开的窗户上它回过头朝我喷出一些粗重的鼻音,然后便跳到窗外去了。那只猫使我感到心神不宁,我想在登记簿上写下我的名字,那只猫让我改变了主意。

走廊两侧的房间都锁着门,但最顶端的两间门是虚掩着的,我先推开了第一扇门,里面黑漆漆一片,我把油灯举高了,终于看清满屋堆放的那些农具和化肥袋,特别引人注目的是一件红色的塑料雨披,它使我相信这里是有人出没的真实的乡村旅店。我反身走进了另外一个房间,这次我一推门就闻到了香皂和烟草的味道,紧接着我又看见了床和脸盆架,还有搪瓷脸盆里的半盆污水,这一切让我感到安全,我终于放下了手里的标本夹和所有工具。

那颗白色的围棋子是我在临睡前发现的,它就放在枕边,一颗被机器磨成饼形的小石子,在我眼前放出微弱而温和的白光。其实我当时还不知道那是一粒棋,我只是喜欢上了这颗圆形的小石子,我以为它是别人遗落在这家乡村旅店的东西。

不知道棋手是什么时候回来的。我看见一个瘦长的男人站在门边朝我这里张望,很明显他对我的出现没有思想准备,他背包里有什么东西嚓嚓地响着。我不知道该说什么,他似乎也不知道该说什么,但我发现他在朝我这里挪步,我立即警觉地坐了起来。

你睡错了床。那是我睡的床。他说。

我不知道这是你的床。我松了口气说,那我换一张床吧。

不用了,你就睡那张床吧。他摆了摆手,把身上的背包解下来扔在对面的床上,然后他向我提出了一个我预计中的问题,你到这里来干什么?

捕蝴蝶。我说,我是昆虫爱好者协会的会员,蝴蝶属于昆虫类,你知道吗?

蝴蝶?他好像有点愕然,他说,这里有蝴蝶吗?蝴蝶,我怎么没看见有蝴蝶?

这里到处是蝴蝶,可能你不注意吧?我说。

可能我没有注意,我不喜欢蝴蝶。他在脸盆架那儿停留了一会儿,好像在洗手,我看见一个抖动着的瘦长的背影,突然那个背影又转向我,他说,你会下棋吗?围棋,你会下围棋吗?

不会,象棋我会一点。我说,你带着象棋吗?

我不下象棋,假如是象棋我也不用跑到这里来了。他叹了口气说,水边棋舍就在湖那边,有人告诉我围棋二老就在那里下棋,我每天都去水边棋舍,但我一次也没见到他们。

什么围棋二老?我问。

是两位老人,不,是两位棋仙。他的声音在暗夜里透出一种激越之情,你不懂的,他说,我学棋八年,一直想到水边棋舍与他们对弈一次,我在找他们,可是奇怪的是我隔着湖明明看见他们在水边棋舍里坐着,明明看见他们在下棋,但等我走到湖那边他们的人影就找不到了。

他们下完棋走了吧?我想当然地说。

不,假如那么快就下完一盘棋,他们就不是什么棋仙了。他说,我猜他们故意躲着我,明天我要早一点去,我要把他们堵在那里。

后来我就迷迷糊糊地睡着了。依稀听见窗外下起了雨,雨点打在小旅店的瓦檐和周围的树草上,听来就像催眠的音乐。因为夜雨潇潇,也因为有了一个旅伴,我睡得很好,甚至梦见了那只美丽的紫线凤蝶。我的梦是被夜半来客的脚步和撞门声惊醒的,那个人在进入我隔壁的房间之前不止撞倒了一件东西,我一下子从床上跳了起来。

谁来了?我问对面的棋手。

棋手还没睡,他自己在与自己下棋,黑黑白白的棋子摆了一床。他看了我一眼,走到门边检查了一下门锁,然后淡淡地说,你睡你的,大概来了一个旅客。

深更半夜怎么还会有人来这里?

我不知道,我在打棋谱。棋手说着又坐到床上去摆他的棋了,他的表情告诉我他现在需要安静。

但是隔壁房间里的人却并不安静,我先是听见什么重物被乒乒乓乓摔打的声音,然后好像是玻璃被打碎了,我身边的那堵墙也被咚咚地击打着。什么声音?我对棋手说。但棋手埋头于他的棋局,对一切充耳未闻。我无法再睡了,起初我想出去看个仔细,但恐惧使我一直徘徊在门内,我听见隔壁的来客渐渐安静了,后来就响起了一个女人哭泣的声音,是一个女人,这一点完全出乎我的预料。

橱柜后面的那扇门是意外的发现,我先是看见那里有几道微弱的光,很快我就意识到那扇门原先是这两个房间的通道。我请棋手帮我搬动橱柜,他很勉强地下了床,但他毫不掩饰地刺了我一句,隔壁来了什么人,与你有什么关系呢?我说,难道你不觉得有点奇怪吗?他说,奇怪什么?我在寺前村住了半个多月了。告诉你寺前村永远平安无事,否则围棋二老不会选这个地方下棋。

我通过门上的裂缝看见了隔壁房间的景象,一个女人坐在散乱的农具堆里掩面哭泣,我看见她穿着那件红色的塑料雨披,我看不清她的脸,但从她的两条长辫上可以判断她还年轻,还有她发梢和红色雨披上的水珠,它们一齐在幽暗中晶莹地颤动。还有她手里攥着的一个小东西,我花了很长时间才看清那是一粒白色的围棋子,你认识她?我向棋手招手,你看,她的手里也抓着你的围棋子!

我谁也不认识。棋手钻进被窝说,我只想认识围棋二老。

寺前村的早晨真的是在鸟语花香中来临的。我醒来后发现棋手的床已经空了,我后悔自己贪睡而导致孤身一人的局面,幸亏窗外的阳光和雨后的乡村景色冲淡了昨夜的恐慌记忆。我背起所有行囊匆匆逃出小旅馆,在经过那个堆农具的房间时我推门朝里面偷看了一眼,一切与昨夜的记忆相仿,只是那件红色的雨披不见了。

我是在去往长途汽车站的路上被那群人追赶的。当时我发现了路边灌木丛上盘旋着几只蝴蝶,其中一只是金裳凤蝶,我总是容易把它当作紫线凤蝶,因此我为了那只蝴蝶耽搁了很长时间,当我意识到自己犯了一个错误已经来不及了,那群人,我猜主要是寺前村的一些干部和社员,他们像一群麋鹿一样迅疾地穿过树林出现在我面前。

你昨天夜里住在小旅馆里吗？有一个男人看上去是干部,他始终伸开双臂示意别人安静,他说,为什么不说话？昨天夜里你住哪儿了？

小旅馆。我竭力镇定着情绪说,我是来捕蝴蝶的,我是昆虫爱好者协会的会员。

为什么不在来客登记簿上登记？男人问。

没有人负责登记,我只住一夜。我说,我来找紫线凤蝶,你们这里禁止捕蝴蝶吗？

只住一夜。男人沉吟着说,问题就在这里,为什么只住一夜？

我来不及赶长途汽车回家了。我突然压抑不住地愤怒起来,我朝那群人喊道,那么吓人的旅店,那么脏的地方,谁愿意住？

男人盯着我审视了一会儿,终于朝我摊开他的手,我看见那只粗糙宽大的手掌上躺着一颗白色的围棋子。

你认识这颗小石子吧？他说,是你的吧？

不是我的,是另外那个房客的。我觉得我正在把某种祸端往棋手身上推,我想我不得不这样做,我说,我不下围棋,他下围棋。

那个男人的目光这时候投向果树林搜寻着什么,我听见他在喊,小彩,别害怕,你出来认一下这个人,是不是这个人？

这样我注意到了果树林深处的那个女人,女人穿着那件红色的塑料雨披,两个妇女搀扶着她,也恰恰遮住了她的脸。我听见了她啜泣的声音,啜泣过后便是悲怆的撕心裂肺的尖叫,抓住他,抓住他,你们快抓住他!

刹那间恐惧压倒了我,我一边申辩着一边寻找着逃跑的方法,我瞥见了路边的一辆自行车,在那群人朝我挤来之前我飞奔几步,跨上了那辆自行车。

我不记得他们追赶我的具体过程了,当我骑车疾驰通过一座木桥后,我回头望了一眼,那群人在河边止步了。他们没有继续追赶我,这让我感到幸运。我怀着历险过后特有的惊悸的心情到了康镇,我记得我挤上长途汽车时全身衣服都被冷汗浸透了。

当然,我也把那些珍贵美丽的蝴蝶标本连同工具扔在了寺前村。

棋手是在去水边棋舍的路上被那群人堵住的,那群人簇拥着一个穿红色塑料雨披的女人,女人一边啜泣一边低声诉说着,而她的目光始终固定在他的脸上,像火也像冰。棋手觉得女人的目光很古怪,那群人的出现也有点气势汹汹,但他没有在意。他朝他们微笑着,一边拍打着背包里的围棋子,他说,这么多人,你们在干什么?

我们干什么?那个男人冷笑了一声说,正要问你呢,你来这里干什么?

我来下棋,你们知道围棋二老在哪里吗?

就在这里。男人再次亮出了手里的那颗白色围棋子,他的脸上已经浮现出某种胜利者的表情,这颗小石子,不,这颗围棋是你的吧。

是我的,你在哪里捡到的?

这要问你了,男人松了一口气,然后他转向那个穿红色塑料雨披的女人说,小彩,别害怕,昨天夜里是不是这个人?小彩你说,是不是这个人?

那个叫小彩的女人先是捂着脸哭了几声,猛地抬起头怒视着棋手,她说,抓住他,抓住他,就是这个人!

棋手后来是被他们拉拽着走进水边棋舍的,起初他不理解寺前村人对他的谴责和漫骂,他的平静而茫然的态度恰恰更加激起寺前村人的愤怒,有一个青年大叫一声,你还装蒜?跳起来打了棋手一拳。棋手摸到了鼻孔里的血,终于明白过来,他开始苦笑着重复一句话,无理,无理,棋手说,无理,这一招太无理了。

你别装蒜。干部模样的男人夺下棋手的背包,把手伸进去划拉了几下,他说,寺前村人从来不去害别人,你也别来害我们,什么事情都要讲理,你自己也说了。现在该留一句话了,这事你是要公了还是私了?

怎么公了?怎么私了?我不懂。棋手说。

又装蒜。公了就绑你去公安局。男人说,私了简单,你娶了小彩,留在这里或者带她走。

我为什么要娶她?我不认识她!

还在装蒜,你不娶她谁还肯娶她?

又是无理。棋手高声说,我要下棋,我根本不想娶她。

那个男人的目光落在棋手的背包上,他大吼了一声,让你下棋,我让你下棋!他那么吼叫着开始把背包里的棋子倾倒在地上,你们每人来抓一把,男人对身边那些人说,每人来抓一把,全部给他扔到湖里去,我让它再下棋!

棋手看见许多双手朝他的黑白棋子伸过去,棋手不顾一切地扑倒在地上,用身体保护住他的黑白棋子,他拼命地推那些手,一边推一边喊,我私了,我娶她啦,娶她啦!

从寺前村归来我没带回一只蝴蝶,这个结局你已经是知道了的。但你想不到我带回了一粒白色的围棋子,它不知怎么藏在了我的衣袋里,出于某种玩味旧事的心情,我一直把那粒棋子放在枕边。

我没有预料到那粒棋子会使我每天都想象围棋并迷恋上了围棋,我更没有想到围棋会取代蝴蝶在我生活中的位置,让我从一个昆虫爱好者摇身一变,跻身本市围棋迷的行列。我一直记得当年的寺前村之行,当然也记得那个到处寻访高人的棋手,在弈棋多年后我终于理解了那个棋手狂热而凄凉的行踪。有几次我向那些资深棋友描述了他的外貌以及他的故事,棋友问,他叫什么名字?我说我不知道,棋友说那就好了,那就是一个无名棋手,这样那样的无名棋手是很多的。

五年后我重访寺前村已与蝴蝶无关,也与围棋无关,我是跟随一个朋友去收购那里的桃子和枇杷的,那个朋友是个聪明人,他听我说过寺前村的故事,我猜他邀我同行也是为了预防某种不测。

正值初夏季节,寺前村在任何季节似乎都是桃红柳绿花草繁茂的,别处罕见的蝴蝶也依然在湖边开阔地里嘤嘤乱飞,当然我说过我对所有蝴蝶都不感兴趣了。我跟随我的朋友在寺前村的果林里穿行,与寺前村人讨价还价,好多张脸都似曾相识,但奇怪的是他们没有一个人能认出我来了。

我没有想到我会在湖边遇见棋手,我先是看见一个干瘦的男人在那挥舞着捕蝴蝶的网兜,那种熟悉的动作使我感到亲切,我站住了,看着他从网兜里夹出一只黑蛱蝶放进标本夹,我看清了他的脸,我差点叫出声来。

棋手,你还认识我吗?

棋手缓缓地偏过脸看了我一眼,他的神情显得疲惫而憔悴,目光与当年相比也浑浊了一些,他只看了我一眼,没有回答我。

棋手,你还在下棋吗?你怎么捕起蝴蝶来了?

我不下棋,我捕蝴蝶。棋手这么说着突然朝远处飞奔而去。我看见远处的桃林里飞起一群色彩斑斓的蝴蝶,我猜那一群蝴蝶里可能会有几只珍稀品种,我猜棋手也是这么判断的。棋手抓着网兜飞奔时我下意识地跟他跑了几步,但我的朋友在后面喊住了我,他说,喂,你去干什么?你不是不要蝴蝶了吗,来,帮我装桃子吧。

一筐一筐的寺前村桃子被抬上了卡车,我被人群和水果筐挤来撞去的,听见寺前村人的乡音此起彼伏地响着。这种时刻你往往会自以为发现了人类生活的微妙之处,其实你什么也发现不了,我就觉得我很茫然。后来我抓住了一个寺前村少年的手,那个少年有着一双诚实而善良的眼睛,是他回答了我对棋手的最后的疑问。

那个人现在不下棋了吗?我问。

你说谁?说小彩的男人?他不下棋,他就喜欢到处捕蝴蝶。少年说,你认识小彩的男人?

小彩是谁？我又问。

小彩是他的女人呀。少年突然笑了，露出一排歪斜的牙齿，他说，你不认识小彩，小彩是蝴蝶精，她是蝴蝶变的！

我想这是我在寺前村听到的唯一的新闻，也是唯一的令我恐惧的新闻。

水　鬼

河水向东流。装满油桶的船疲惫地浮在河面上,橹声的节奏缓慢而羞涩。油桶船从桥洞里钻出来,一路上拖曳着一条油带,油带忽细忽粗,它的色彩由于光线的反射而自由地变幻,在油桶船经过河流中央开阔的河面时,桥上的女孩看见那条油带闪烁着彩虹般的七色之光。

女孩站在桥上,目送油桶船渐渐远去,她的视线尽头是另一座桥,河水就是在那里拐了弯,消失了。另一座桥的桥畔有一家工厂,工厂的烟囱和一座圆形的塔楼引人注目。女孩一直不知道那座塔楼是干什么用的,即使离得很远,塔楼的那个浸入水中的门洞仍然清晰可见,女孩用她的玻璃柱照着远处的那个门洞,正如她预想的一样,离得太远了,她没有得到任何反射的图像。塔楼若无其事,当西边河上游的天空云蒸霞蔚的时候,塔楼上端的天色已经暗下来了。

天色已经暗下来了。女孩看见她姑妈从桥上走过,她慌忙把脑袋转过去,但姑妈还是看见了她,她说,你这孩子,这么热的天,不在家里待着,跑这里干什么?女孩说,不干什么,妈妈让我出来的。姑妈没说什么,她扭着腰肢下了桥,下了桥又回头向女孩喊道,早点回家!你傻乎乎站那里,人家又来欺负你!

女孩站在桥上,她还不想回家。一个穿海魂衫的患有腮腺炎的男孩跳上了桥头,他就住在桥下杂货店的楼上,女孩认识他。男孩用手捂着涂满草药的腮部,他说,你手里抓着什么东西?给我看看。女孩知道他指的是那个玻璃柱,她背过双手,毫不示弱地盯着男孩。不给你看,她这么说着,一只手却突然把玻璃柱举了起来,她说,你别碰它,这是用来照水鬼的!

男孩意欲掠夺的手缩了回去,他说,你骗人,哪来的水鬼?水鬼在哪里?

女孩指了指桥下的河水。现在在水里。她用手指着河面上尚未散去的油带说,你没看见,水鬼就在那下面潜水。你看不见,我能看见。

男孩说,你骗人。那你说水鬼要潜到哪儿去?

女孩脸上露出了神秘的微笑,她收起玻璃柱说,我发现了水鬼的家。我不会告诉你的。女孩向桥下走去,回过头说,你们都以为水鬼的家在水里,其实不对,你们都弄错了。

女孩下了桥,看见那个男孩捂着腮茫然地站在桥上。他什么都不知道。她想即使他看见了远处的那个塔楼,他仍然不会猜到这个秘密。

一个青年像一只青蛙一样在河面上行进。另一个青年像狗刨水似的跟在他身后。他们游到了桥下,也许他们游不动了,也许他们的目标就是游到桥洞,两个人先后钻出了水面,坐在桥洞的石墩上。

女孩打着尼龙伞,站在桥上,她一直期待他们向前游,游到她看不见的地方,她以为他们会一直游下去,游到河下游另一座桥那里。但他们却坐在桥洞里了,他们在下面大声地说话。一个青年说,水太脏了,他妈的,你有没有看见那只死猫?我差点没吐出来!另一个青年还在喘粗气,他说,看见了,是只黄猫。大概是吃了老鼠药。

女孩努力地将身子向桥栏下弯下去,她想看清楚那两个青年的脸,但看见的是其中一个人的腿,那个人的腿被太阳晒得很黑,小腿上长着浓密的汗毛,脚背上好像刚刚被什么扎破过,上面清晰地留下了红汞水的痕迹。

死猫有什么?女孩突然插嘴说,前几天我看见过一个死孩子,看上去像一只兔子!

谁在上面说话?下面的一个青年说。

肯定是邓家那个傻丫头。另一个青年说,她脑筋不好,别理她。

女孩的脑袋先是缩了回去,立刻又探出去,朝下面啐了一口,你才是傻丫头!女孩愤愤地回敬了一句,然后她用玻璃柱向下面照了照,照到的还是一条毛茸茸的黝黑的腿,女孩听见下面的人在说,不理她。女孩就说,谁要理你们?她听见自己的声音被桥洞放大了,显得很清脆。女孩将手里的尼龙伞转了一圈,又转了一圈,她说,骗你们是小狗,有一个死孩子前几天漂过去了,他跟你们一样在游水,让水鬼拽住了腿。水鬼把他拽到河底去了!

桥洞里的两个青年发出了咯咯的笑声,然后有一个人扑通跳入了水中,大声喊叫着,不好了,有水鬼,水鬼,救命!另一个人便更加疯狂地笑起来。

女孩看见他们嬉闹时弄出的水花溅得很高。女孩说,你们别闹,水鬼现在不在这儿,你们把它惹恼了,它会潜来抓你们的。

来了,水鬼潜来了!一个青年在水中翻了个筋斗,他的嘴里发出了一种恐怖的叫喊声,我的腿,我的腿被水鬼抓住了,快来人,救命,救命!

女孩知道他们是在闹着玩,他们不把她的劝告当回事。女孩有点生气,她拾起桥上的一块碎玻璃向河里扔去,她说,你们就会在这里瞎闹,你们有本事就一直游,一直游到那塔楼里,告诉你们,那是水鬼的家!

母亲不准女孩出去。有一天她用凤仙花为女孩染了指甲,她说,我们说好的,染了指甲就不能出去疯了,今天你好好待在家里写作业。母亲看见女孩坐在门前,仔细地观看自己的十片桃红色的指甲,母亲说,今天太阳这么毒,你要再出去疯,别人都会骂你是傻子。女孩竖起她的十根手指对着太阳照了照,看见自己的十根指甲像十朵凤仙花的花瓣,晶莹剔透。母亲说,今天太阳这么毒,你要出去太阳会把你的皮肤晒焦的,你要再偷偷溜出去,让太阳晒死你!

外面的太阳好像是沸腾了,女孩看见石板路上冒出了隐隐的白烟,卖冰水的女人在很远的地方吆喝着,对门宋老师提着一只水壶,打着她家的尼龙伞匆匆跑出去买冰水了。

有人出去的。女孩嘀咕道,谁说没人出门?只要打着伞就行。

女孩的脑袋转来转去的,她在寻找什么东西。母亲知道她想找什么,母亲说,别找了,洋伞让我收起来了,你就是不知道爱惜东西,外面这么毒的太阳,把伞都晒坏了!

母亲坐在竹椅上打了个盹。迷迷糊糊中她觉得手里的葵扇没有了,她没有睁开眼,以为葵扇是掉在地上了。她不知道女孩又出去了,而且还带走了她的葵扇。

那天女孩用一把葵扇遮着午后的阳光来到桥上。没有人注意到她刚刚染过的指甲,没有人注意到她。女孩上桥的时候,恰好看见一个男人扛着一块长木板走下桥,木板差点刮到她。女孩在后面大叫一声,小心!她看见那个男人慌张地回过头来,是一个陌生的农民模样的男人,女孩注意到他的背心和裤子都是湿的,一路走一路滴着水。女孩突然笑起来,她说,你干什么呀?他好像一时没听懂女孩的问题,他说,什么干什么?女孩说,你怎么湿漉漉的?你是水鬼啊?男人把左肩膀上的木板换到了右肩,水鬼?什么水鬼?他木然地看着女孩,过了一会儿似乎明白过来,然后他嘿地一笑,指了指桥下不远处的一块驳岸,我不是水鬼,他说,看见没有?我们在水里干活呢。

女孩顺着他手指的方向,发现化工厂的驳岸上聚集着一群民工。那群人光着上身,有的在岸上,有的在水里,吵吵嚷嚷的。女孩用手扒着桥栏,她说,我要看。女孩回过头对那个民工说,我要看。

民工眯起眼睛看着女孩,然后他又笑了笑,露出焦黄的牙齿。女孩看见他扛着木板下了桥,她注意到他腿上粗壮的凸出的静脉血管,像许多蚯蚓,他的小腿和脚踝处沾满了黄色的泥浆。

夏天,一群民工为化工厂修筑了一个小码头。女孩站在桥上,耐心地目睹了民工们打桩、围坝、抽水的全部过程。起初没有人注意到桥上的那个女孩。女孩站在桥上,手执一把葵扇,挡着午后的阳光。起初她只是站在桥上看他们,不知道她在看什么,她对什么产生了兴趣,她只是在看。女孩偶尔会调整手里葵扇的位置,葵扇便遮住了她的大半张脸,她只是站在那里看,但是有一次她突然叫起来,水鬼来了!起初她只是试探着有所顾忌地吓唬他们,后来她就显得招人憎厌了,她大声地向他们叫喊,水鬼来了,快上岸,小心水鬼抓你们的脚!民工们有时停下手里的工作,恼怒地瞪着桥上的女孩,每逢这时候,女孩就逃,她三步两步跨下桥,一眨眼就不见了。

民工们也议论桥上那个女孩,他们一致猜测女孩是傻的。幸运的是女孩没有影响他们工程的进展。他们计划用八天时间筑好这个小型码头,实际上他们只用了一个星期,一个星期之后小码头就竣工了。竣工的那天他们一直在向桥上张望,整整一天,他们没有看见女孩的身影,民工们不知道她那天为什么不来,就像他们不知道此前几天她为什么天天站在桥上。女孩不在桥上,桥显得很空洞,女孩不在桥上,桥上的阳光到了黄昏时分仍然有点刺眼,这原因也简单,就是因为桥上没有人,女孩不在桥上。

民工们不知道女孩到她姑妈家做客去了。

第七天女孩到城市另一侧的姑妈家去做客,黄昏回家,过桥的时候她发出了一声惊叫。母亲当时拽着她的手,母亲吓得甩开了她的手,你叫什么?母亲说,吓死人了,好端端的你尖叫什么?女孩站在桥上,看着不远处新筑的码头,她想站在桥上,但是母亲粗糙而有力的手再次拽住了她,不准站在桥上,像个傻子,母亲气冲冲地说,你知不知道人家都说你是傻子?大热天,整天站在桥上,不是傻子是什么?女孩被母亲拽着下了桥,她说,别拽呀,你把我的手拽断了!母亲说,不把你拽回家,你就站在桥上让人笑话!女孩努力挣脱着,别拽我,水鬼才这么拽人呀!女孩绝望地盯着母亲紧拽着她的手,突然叫起来:我看见水鬼了!你是水鬼!母亲就扬手打了女孩一个巴掌,整天嘴里胡说八道,母亲说,你再胡说八道的,哪天真让水鬼把你拽到水龙王那里去!

第七天夜里女孩在母亲的眼皮底下溜了出去。女孩以前从来不在夜间出门,所以母亲看着她从竹椅前绕出去,看着她手里抓着一个像手电筒一样的东西,就是没有想到女孩手里抓的是一只真正的手电筒。女孩带着手电筒从她眼皮底下溜出去了。

石板路的两侧有人在乘凉。有人看见了女孩,他们叫着女孩的名字说,这么晚了,你去哪里?女孩说,我到桥上去乘凉。他们就说,这女孩很聪明嘛,桥上风大,是乘凉的好地方呀。女孩走到了桥上,桥上有几个青年,他们坐在桥栏上抽烟,看见女孩上桥,他们停止了说话,一齐看着她,有人先嘿地笑了,说,又是她,邓家的傻丫头。整天站在桥上!女孩鄙夷地扫了他们一眼,她说,你们才傻呢,你们才整天站在桥上呢。女孩伏在另一侧桥栏上,做出一副井水不犯河水的样子。她用手电筒照了照桥下的河面,然后又关上了手电筒。其实她是要看那个新筑的码头。那个码头已经从河面上升了起来,新浇的水泥在月光下面散发出一种模糊的白光。女孩站在那里,莫名地感到伤心,她多么想好好看看那边的码头,她守了六天,亲眼看见了那些民工修筑码头的所有细节,却唯独遗漏了这个新事物从河水中升起来的过程。她想好好观察新码头,但是那几个讨厌的青年在她身后说话、怪笑,弄得她心神不定。

女孩决定离开桥头。她下了桥,向河岸的方向走去,桥头上的青年在她身后喊,傻丫头,你去哪里?女孩没有理睬他们。她心里说,你们要霸占桥头就让你们霸占好了,我才不稀罕站在那里。女孩打开手电筒向新码头走去,看见河水从桥洞里奔涌而出,夜色中的河水看上去比夜色更浓更黑。

一大片水泥地坪袒露在月光下,散发出水泥本身特有的腥味,欢迎女孩的到访。女孩小心地伸出一只脚,试探着水泥的强度,水泥还没有干结,在手电筒的光柱下,女孩看见自己的凉鞋印子,清晰地刻在地坪上。

工棚还在,里面黑乎乎的,没有一点动静。女孩用手电筒照了照工棚里面,照到了角落里的一张草席,草席旁边放着一只搪瓷脸盆,一只饭盒。女孩知道还有一个人留守在码头上。女孩用手电筒向四处照射着,除了化工厂一年四季堆放在这里的大木箱、废旧的机器,女孩没有看见那个人。在更远的地方,在河流突然藏匿的地方,那座塔楼被月光浸泡着,微微发红,现在那个水中的门洞一点也看不见了。女孩谛听着河流的声音,她的耳朵里灌满了河水呢喃自语的声音,还有一种奇异的击水声从塔楼方向渐次而来,女孩瞪大眼睛盯着河面,她没有发现什么,没有游泳的人,没有人。但是那击水声却越来越清晰越来越近了。女孩有点害怕起来,她向远处的桥头张望着,桥头上的几个青年还在那里,女孩就向他们叫喊了一声,水鬼,有水鬼! 桥头上的人影晃动了几下,没有任何回应。女孩害怕了,她在河岸边一跳一跳地跑,手里的电筒光摇摆不定,女孩在奔跑的时候看见河水在她脚下无声地流淌,夜色中的河水比夜色更浓更黑,女孩惊惶地跑过新筑好的码头,她听见了自己急促的呼吸声,她听见了水鬼的呼吸声。水鬼来了! 突然一下她脚上的凉鞋被什么东西咬住了,女孩惊叫着低下头,看见水泥地坪粘住了她的凉鞋。与此同时,她听见河里响起一阵杂乱的打水声,她看见一个人从黑暗的水面上钻出来,溅出许多晶亮的水花。女孩再次惊叫起来,她认出那是桥头扛木板的民工,但她还是一声声地尖叫起来,水鬼,水鬼,水鬼! 女孩认出那是一个人,他的手里还举着什么东西,但她还是一声声地尖叫起来,水鬼,水鬼,水鬼!

如果桥头上的几个青年相信水鬼的传说,他们将证明邓家女孩的传奇故事。可是他们不相信河里有什么水鬼。这使女孩嘴里的故事最终成为了真正的故事。

那天夜里九点多钟他们隐隐听见新码头那里传来的声音,有人曾经想过去看个究竟,但被同伴阻拦了,同伴说,哪来什么水鬼? 别听那傻丫头瞎叫。他们留在桥头上聊天抽烟,后来,大约到了十点钟左右,女孩走过来了。他们不知道发生了什么事,只是看见女孩浑身湿漉漉的,手里捧着一件东西。他们本来谁也不愿意搭理邓家这个女孩,可是他们听见女孩一边走一边哭泣。桥上的人纷纷跑了下去,他们看见那个女孩像是刚刚从水里爬起来,她哭泣着向桥这边走来,手里捧着的竟然是一朵莲花,是一朵红色的硕大的莲花,他们首先是被这朵莲花迷惑了。那几个青年都围上来看,莲花是真的莲花,不是塑料的,花瓣上还凝结着水珠,他们七嘴八舌地问女孩,从哪里弄来的莲花?女孩仍然哭泣着,女孩像是在睡梦中哭泣,她的双手紧紧地捧着莲花,苍白的手指缝间有水珠晶莹地滚落。一个青年说,别大惊小怪的了,是从水里漂来的,是从公园的莲花池漂来的。其他人就用询问的目光看着女孩,对吧,是从河里漂来的吧?女孩不说话,女孩捧着莲花往街上走,青年们跟在她身后,又有人说,你个傻丫头,你是跳到河里去捞莲花了吧?小心淹死了!就是这时候女孩突然回过头来,女孩的嗓音听上去沙哑而令人心悸,她说,是水鬼送给我的莲花。她说,我遇到水鬼了。

就是这个女孩的故事风靡了整整一个夏天,如果让她亲口来说,别人听得会不知所云,不如让我来概括这个故事,故事其实非常简单,说的是邓家的女孩遇到了水鬼,不仅如此,水鬼还送了她一朵红色的莲花。

一朵红色的很大的莲花。

白雪猪头

我母亲买不到猪头肉,她凌晨就提着篮子去肉铺排队,可是她买不到猪头肉。人们明明看见肉联厂的小货车运来了八只猪头,八只猪头都冒着新鲜生猪特有的热气,我母亲排在第六位。肉联厂的运输工把八只猪头两个两个拎进去的时候,她点着食指,数得很清楚,可是等肉铺的门打开了,我母亲却看见柜台上只放着四只小号的猪头,另外四只大的不见了。她和排在第五位的绍兴奶奶都有点紧张,绍兴奶奶说,怎么不见了?我母亲踮着脚向张云兰的脚下看,看见的是张云兰的紫红色的胶鞋。会不会在下面,我母亲说,一共八只呢,还有四只大的,让她藏起来了?柜台里的张云兰一定听见了我母亲的声音,那只紫红色的胶鞋突然抬起来,把什么东西踢到更隐蔽的地方去了。

我母亲断定那是一只大猪头。

从绍兴奶奶那里开始猪头就售空了,绍兴奶奶用她慈祥的目光谴责着张云兰,这是没有用的。卖光了。张云兰说,猪头多紧张呀,绍兴奶奶你来晚了,早来一步就有你一只。

绍兴奶奶端详着张云兰,从对方的表情上看事情并没有回旋的余地,赔笑脸也是没有用的,绍兴奶奶便沉下脸来,眼睛向柜台里面瞄,她说,有我一只的,我看好了。你看好的?在哪儿呀?张云兰丰满的身体光明磊落地后退一步,绍兴奶奶花白的脑袋顺势越过油腻的柜面,向下面看,看见的仍然是张云兰的长筒胶鞋,闪烁着紫红色热烈而怠慢的光芒。绍兴奶奶,你这大把年纪,眼神还这么好?张云兰突然咯咯地笑起来,抬起胳膊用她的袖套擦了擦嘴角上的一个热疮,她说,你的眼睛会拐弯的?

柜台内外都有人跟着笑,人群的哄笑声显得干涩零乱,倒不一定是对幽默的回应,主要是表明一种必要的立场。绍兴奶奶很窘,她指着张云兰的嘴角说,嘴上生疮啦!这么来一句也算是出了点气,绍兴奶奶走到割冷冻肉的老孙那里,割了四两肉,嘟嘟囔囔地挤出了肉铺。

我母亲却倔,她把手里的篮子扔在柜台上,人很严峻地站在张云兰面前。我数过的,一共来了八只。我母亲说,还有四只,还有四只拿出来!

四只什么?你让我拿四只什么出来?张云兰说。

四只猪头!拿出来,不像话!我告诉你我看好的。

什么猪头不像话你看好的?你这个人说外国话;我怎么听不懂?

拿出来,你不拿我自己进来拿了。我母亲以为正义在她一边,她看着张云兰负隅顽抗的样子,火气更大了,人就有点冲动,推推这人,拨拨那人;可是也不知是肉铺里人太多,或者干脆就是人家故意挡我母亲的去路,她怎么也无法进入柜台里侧;她听见张云兰冷笑的声音,你算老几呀,自己进来拿,自己进来拿,谁批准你进来了?

开始有人来拉我母亲的手,说,算了,大家都知道猪头紧张,睁一眼闭一眼算了;忍一忍,下次再买了,何必得罪了她呢? 我母亲站在人堆里,白着脸说,他们肉铺不像话呀,这猪头难道比燕窝鱼翅还金贵,藏着掖着,排了好几次都买不到,都让他们自己带回家了! 张云兰在柜台那一边说,猪头是不金贵,不金贵你偏偏盯着它,买不到还寻死觅活呢。说我们带回家了? 你有证据?

我母亲急于去柜台里面搜寻证据,可是她突然发现从肉铺的店堂四周冒出了许多手和胳膊,也不知道都是谁的,它们有的礼貌,松软地拉住她;有的手却很不礼貌了,铁钳似的将我母亲的胳膊一把钳住,好像防止她去行凶杀人。一些纷乱的男女混杂的声音此起彼伏地响起来,少数声音息事宁人,大多数声音却立场鲜明,表示他们站在张云兰的一边。这个女人太过分了,大家都买不到猪头,谁也没说什么,偏偏她就特殊,又吵又闹的! 那些人的手拽着我母亲,眼睛都是看着张云兰的,他们的眼神明确地告诉她,云兰云兰,我们站在你的一边。

我母亲乱了方寸,她努力地甩开了那些树权般讨厌的手,你们这些人,立场到哪里去了? 她说,拍她的马屁,你们天天有猪头拿呀? 拍马屁得来的猪头,吃了让你们拉肚子! 我母亲这种态度明显是不明智的,打击面太广,言辞火爆流于尖刻。那些人纷纷离开了我母亲,愤愤地向她翻白眼,有的人则是冷笑着回头瞥她一眼,充满了歧视,这种女人,别跟她一般见识。只有见喜的母亲旗帜鲜明地站在我母亲身边,她向我母亲耳语了几句,竟然就让她冷静下来了,见喜的母亲说了些什么呢?她说,你不要较真的,张云兰记仇,得罪谁也不能得罪她;我跟你一样,有五个孩子,都是长身体的年龄,要吃肉的,家里这么多嘴要吃肉,怎么去得罪她呢?告诉你,我天天跟居委会吵,就是不敢跟张云兰吵。我母亲是让人说到了痛处,她黯然地站在肉铺里想起了我们家的铁锅,那只铁锅长年少沾油腻荤腥,极易生锈。她想起我们家的厨房油盐酱醋用得多么快,而黄酒瓶永远是满的,不做鱼肉,用什么黄酒呢?我母亲想起我们兄弟姐妹五人吃肉的馋相,我大哥仗着他是挣了工资的人,一大锅猪头肉他要吃去半锅;我二哥三哥比筷子,筷子快肚子便沾光;我姐姐倒是懂事的,男孩吃肉的时候她负责监督裁判,自己最多吃一两片猪耳朵;可是腾出她一个人的肚子是杯水车薪,没什么用处的,我二哥和三哥没肉吃的时候关系还算融洽,遇到红烧猪头肉上桌的日子,他们像一头狼遇到一头虎,吃着吃着就打起来。我母亲想起猪肉与儿女们的关系不在于一朝一夕,赌气赌不得,口气就有点软了。她对见喜的母亲说,我也不是存心跟她过不去,我答应孩子的,今天做肉给他们吃,现在好了,排到手里的猪头飞了,让我做什么给他们吃?见喜的母亲指了指老孙那里,说,买点冷冻肉算了嘛。我母亲转过头去,茫然地看着柜台上的冷冻肉,那肉不好,她说,又贵又不好吃,还没有油水!猪肉这么紧张,我母亲还挑剔,见喜的母亲也不知道说什么好了,她转过身去站到队伍里,趁我母亲不注意,也向她翻了个白眼。

肉铺里人越来越多了,我母亲孤立地站在人堆里,她篮子里的一棵白菜不知被谁撞到了地上,白菜差点绊了她自己的脚。我母亲后来弯着腰拍打着人家的一条条腿,嘴里嚷嚷着,让一让让一让呀,我的白菜,我的白菜。我母亲好不容易把白菜捡了起来,篮子里的白菜让她看见了一条自尊的退路,不吃猪头肉也饿不死人的!她最后向柜台里的张云兰喊了一声,带着那棵白菜昂然地走出了肉铺。

我们街上不公平的事情很多,还是说猪头吧,有的人到了八点钟太阳升到了宝光塔上才去肉铺,却提着猪头从肉铺里出来了。比如我们家隔壁的小兵,那天八点钟我母亲看见小兵肩上扛着一只猪头往他家里走,尽管天底下的猪头长相雷同,我母亲还是一眼认出来,那就是清晨时分在肉铺失踪的猪头之一。

小兵家没什么了不起的,他父亲在绸布店,母亲在杂货店,不过是商业战线,可商业战线就是一条实惠的战线,一个手里管着棉布,一个手里管着白糖,都是紧俏的凭票供应的东西,我母亲不是笨人,用不着问小兵就知道个究竟了。她不甘心,尾随着小兵,好像不经意地问,你妈妈让你去拿的猪头,在张云兰那里拿的吧?小兵说,是,要腌起来,过年吃的。我母亲的一只手突然控制不住地伸了出去,捏了捏猪的两片肥大的耳朵。她叹了口气,说,好,好,多大的一只大猪头啊!

我母亲平时善于与女邻居相处,她手巧,会裁剪,也会缝纫;小兵的母亲经常求上门来,夹着她丈夫从绸布店弄来的零头布,让我母亲缝这个缝那个的;我母亲有求必应,她甚至为小兵家缝过围裙、鞋垫。当然女邻居也给予了一定的回报,主要是赠送各种票证。我们家对白糖的需求倒不是太大,吃白糖一是吃不起,二是吃了不长肉;小兵的母亲给的糖票,让我母亲转手送给别人做了人情;煤票很好,草纸票也好,留着自己用。最好的是布票,那些布票为我母亲带来了多少价廉物美的卡其布、劳动布和花布,雪中送炭,帮了我家的大忙;我们家那么多人,到了过年的时候,几乎不花钱,每人都有新衣服新裤子穿;这种体面主要归功于我母亲,不可否认的是,里面也有小兵父母的功劳。

那天夜里我母亲带了一只假领子到小兵家去了。假领子本来是为我父亲缝的,现在出于某种更迫切的需要,我母亲把崭新的一个假领子送给小兵的母亲,让她丈夫戴去了。我父亲对这件事情自然很不情愿,可是他知道一只假领子担负着重大的使命,也只好眼睁睁地看着我母亲把它卷在了报纸里。

醉翁之意不在酒,在哪儿?我母亲与女邻居的灯下夜谈很快便切入了正题,猪头与张云兰,张云兰与猪头。我母亲的陈述多少有点闪烁其词,可是人家很快弄清楚了她的意思:她是要小兵的母亲去向张云兰打招呼,早晨的事情不是故意和她作对,都怪孩子嘴巴馋,逼她逼急了,伤着她了务必不要往心里去,不要记仇——我母亲说到这里突然又有点冲动,她说,我得罪她也就得罪了,我吃不吃猪肉都没关系的;可谁让我生下那么多男孩,肚子一个比一个大,要吃肉要吃肉,吃肉吃肉吃肉;她那把割肉刀,我得罪不起呀!

小兵的母亲完全赞同我母亲的意见,她认为在我们香椿树街上张云兰和新鲜猪肉其实是画等号的,得罪了张云兰便得罪了新鲜猪肉,得罪了新鲜猪肉便得罪了孩子们的肚子,犯不上的。谈话之间小兵的母亲一直用同情的眼光注视着我母亲,好像注视个莽撞地闯了大祸的孩子。她是个聪明的女人,情急之下就想出了一个将功赎罪的方法,她说,张云兰也有四个孩子呢,整天嚷嚷她孩子穿裤子像咬雪糕,裤腿一咬一大口,今年能穿的明年就短了,你给她家的孩子做几条裤子嘛!我母亲下意识地撇起嘴来,说,我哪能这么犯贱呢,人家不把我当盘菜,我还替她做裤子?不让人笑话?女人最了解女人,小兵的母亲说:为了孩子的肚子,你就别管你的面子了;你做好了裤子我给送去,保证你有好处;你不想想,马上要过年了,这么和她僵下去,你还指望有什么好东西端给孩子们吃呀;我告诉你,张云兰那把刀是长眼睛的,你吃了她的亏都没地方去告她的状。

女邻居最后那番话把我母亲说动了心。我母亲说,是呀,家里养着这些孩子,腰杆也硬不起来,还有什么资格讲面子?你替我捎个口信给张云兰好了,让她把料子拿来,以后她儿女的衣服不用去买,我来做好了。

凡事都是趁热打铁的好,尤其在春节即将临近的时候。小兵的母亲第二天回家的时候带了一捆藏青色的布到我家来,她也捎来了张云兰的口信;张云兰的口信之一概括起来有点像毛主席的语录,既往不咎,治病救人;口信之二则温暖了我母亲的心,她说,以后想吃什么,再也不用起早贪黑排什么队了,隔天跟她打个招呼,第二天落了早市只管去肉铺拿。只管去拿!

此后的一个星期也许是我母亲一生中最忙碌的日子。其他的家庭主妇也忙，可她们是忙自己的家务和年货，我母亲却是为张云兰忙。张云兰提供的一捆布要求做五条长裤子，都是男裤，长短不一，尺寸被写在一张油腻腻的纸上；那张纸让我母亲贴在缝纫机上方的墙上，我们看着那张纸会联想起张云兰家的四个男孩一个男人的腿；十条腿都比我们的长，一定是骨头汤喝多了吧。我母亲看到那张纸却唉声叹气的，她埋怨张云兰的布太少，要裁出五条裤子来，难于上青天。

我母亲有时候会夸大裁剪的难度，只是为了向大家证明她的手艺是很精湛的。后来她熬夜熬了一个晚上，还是把五条裤子裁了出来，并不是像她描述的那么艰难，五条裤子一片一片地摞在缝纫机上，像一块柔软的青色的梯田。然后我们迎来了缝纫机恼人的粗笨的歌声，我母亲下班回家便坐到缝纫机前，苦了我姐姐，什么事情都交给她做了，我姐姐噘着嘴抗议，做那么多裤子，都是别人的，我的裤子呢，弟弟他们的裤子呢？我母亲说，自己的裤子急什么，过年还有几天呢，反正不会让你们穿旧裤子过年的。我姐姐有时候不知趣，唠叨起来没完，她说，你为人民服务也不能乱服务，张云兰那么势利，那么讨厌的人，你还为她做裤子！我母亲一下就火了，她说，你给我闭上你的嘴，这么大个女孩子一点事情也不懂，我在为谁忙？为张云兰忙？我在为你们的肚子忙呀！

时间紧迫，只好挑灯夜战。我们在睡梦中听见缝纫机应和着窗外的北风在歌唱，其声音有时流畅，有时迟疑，有时热情奔放，有时哀怨不已。我依稀听见我母亲和父亲在深夜的对话。我母亲在缝纫机前说,眼珠子都要掉出来了!我父亲在床上说,掉出来才好。我母亲说,这天怎么冷成这样呢,手快冻僵了。我父亲说,冻僵了才好,让你去拍那种人的马屁!

埋怨归埋怨,我母亲仍然保质保量地完成了张云兰家的五条裤子。她把五条裤子交给小兵的母亲,小兵的母亲为我母亲着想,她说,你自己交给她去,说说话,以前的疙瘩不就一下子解开了嘛。我母亲摆着手说,前几天才在肉铺吵的架,这一下白脸一下红脸的戏,让我怎么唱得出来?你这中间人还是做到底吧。我母亲把五条裤子强扔在小兵家里,逃一样地回到家里。家里的缝纫机上又堆起了一座布的山丘,那是为我们兄弟姐妹准备的布料。我母亲在上班前夕为她忠实的缝纫机加了点菜油,我看见她蹲在缝纫机前,不时地瞥一眼上面的蓝色的灰色的卡其布,还有一种红底白格子的花布,然后她为自己发出了一声简短而精确的感叹,劳碌命呀!

而小兵的母亲后来一定很后悔充当了我母亲和张云兰的中间人。整个事情的结局出乎她的意料,当然也让我母亲哭笑不得,你猜怎么样了?张云兰从肉铺调到东风卤菜店去了!早不调晚不调,她偏偏在我母亲做好了那五条裤子以后调走了!

我记得小兵的母亲到我家来通报这个消息时哭丧着个脸。都怪我不好,多事,女邻居快哭出来了,你忙成那样,还让你一口气做了五条裤子;可是我也实在想不通,张云兰在香椿树街做了这么多年,怎么偏偏就在这节骨眼上调动了,气死我了!我母亲也气,她的脸都发白了,但是她如果再说什么难听的话,让小兵的母亲把脸往哪儿放呢?人家也是好心。事到如今我母亲只好反过来安慰女邻居,她说,没什么,没什么的,不就是熬几个夜费一点线吗,调走就调走好了,只当是学雷锋做好事了。

很少有人会尝到我母亲吞咽的苦果,受到愚弄的岂止是我母亲那双勤劳的手,我们家的缝纫机也受愚弄了,它白白地为一个势利的女人吱吱嘎嘎工作了好几天;我们兄弟姐妹五人的肠胃也受愚弄了,原来我们都指望张云兰提供最新鲜的肉、最肥的鸡和最嫩的鸭子呢;不仅如此,我们家的篮子、坛子和缸也受愚弄了,它们闲置了这么久,正准备大显身手腌这腌那呢,突然有人宣告,一切机会都丧失了,你们这些东西,还是给我空在那儿吧。

我们对于春节菜肴所有美好的想象,最终像个肥皂泡似的破灭了。我母亲明显带有一种幻灭的情绪,她对我们说,今年过年没东西吃,吃白菜,吃萝卜,谁要吃好的,四点钟给我起床,自己拿篮子去排队!

我们怎么也想不通,我母亲给张云兰做了这么多裤子,反而要让我们过一个革命化的艰苦朴素的春节!

除夕前那天夜里下了一场大雪,我记得我是让我三哥从床上拉起来的;那时候天色还早,我父母亲和其他人都没起床;因为急于到外面去玩雪,我和我三哥都没有顾上穿袜子。我们趿拉着棉鞋,一个带了一把瓦刀,一个抓着一把煤铲,计划在我们家门前堆一个香椿树街最大的雪人。我们在拉门闩的时候感觉到外面什么东西在轻轻撞着门;门打开了,我们几乎吓了一跳,有个裹红围巾穿男式工作棉袄的女人正站在我们家门前;女人的手里提着两只猪头,左手一只,右手一只,都是我们从来没见过的大猪头;更加令人印象深刻的是女人的围巾和棉袄上落满了一层白色的雪花,两只大猪头的耳朵和脑袋上也覆盖着白雪,看上去风尘仆仆。

那时候我和三哥都还小,不买菜也不社交,不认识张云兰;我三哥问她,猪头是我们家的吗?外面的女人看见我三哥要进去喊大人,一把拽住了他,她说,别叫你妈,让她睡好了,她很辛苦的。然后我们看见她一身寒气地挤进门来,把两只猪头放在了地上。她说,你妈妈等会儿起来,告诉她张云兰来过了;你们记不住我的名字也没有关系,她看见猪头就会知道,我来过了。

我们不认识张云兰,我们认为她放下猪头后应该快点离开,不能影响我们堆雪人。可是那个女人有点奇怪,她不知怎么注意到了我们的脚,大惊小怪地说,下雪的天,不能光着脚,要感冒发烧的。管管闲事也罢了,她的眼睛突然一亮,变戏法似的从棉袄口袋里掏出了一双袜子,是新的尼龙袜,商标还粘在上面。你是小五吧?她示意我把脚抬起来,我知道尼龙袜是好东西,非常配合地抬起了脚,看着那个女人蹲下来,为我穿上了我的第一双尼龙袜。我三哥已经向大家介绍过的,从小就不愿意吃亏,他在旁边看的时候,一只脚已经提前抬了起来,伸到那个女人的面前。我记得张云兰当时犹疑了一下,但她还是从她的口袋里掏出了第二双尼龙袜,这样一来,我和我三哥都在这个下雪的早晨得到了一双温暖而时髦的尼龙袜,不管从哪方面说,这都是一个意外的礼物。

我还记得张云兰为我们穿袜子时候说的一句话,你妈妈再能干,尼龙袜她是织不出来的。当时我们还小,不知道她说这句话是什么意思。张云兰还说了一句话,现在看来有点夸大其词了,她说,你们这些孩子的脚呀,讨厌死了,这尼龙袜能对付你们,尼龙袜,穿不坏的!

听我母亲说,张云兰家后来也从香椿树街搬走了;她不在肉铺工作,大家自然便慢慢地淡忘了她;我母亲和张云兰后来没有交成朋友,但她有一次在红星路的杂品店遇见了张云兰,她们都看中了一把芦花扫帚;两个人的手差点撞起来,后来又都退让,谁也不去拿。我母亲说她和张云兰在杂品店里见了面都很客气,两个人只顾说话,忘了扫帚的事情,结果那把质量上乘的芦花扫帚让别人捞去了。

飞越我的枫杨树故乡

直到五十年代初,我的老家枫杨树一带还铺满了南方少见的罂粟花地。春天的时候,河两岸的原野被猩红色大肆入侵,层层叠叠,气韵非凡,如一片莽莽苍苍的红波浪鼓荡着偏僻的乡村,鼓荡着我的乡亲们生生死死呼出的血腥气息。我的幺叔还在乡下,都说他像一条野狗神出鬼没于老家的柴草垛、罂粟地、干粪堆和肥胖女人中间,不思归家。我常在一千里地之外想起他,想起他坐在枫杨树老家的大红花朵丛里,一个矮小结实黝黑的乡下汉子,面朝西南城市的方向,小脸膛上是又想睡又想笑又想骂的怪异神气,唱着好多乱七八糟的歌谣,其中有一支是呼唤他心爱的狗的。

狗儿狗儿你钻过来
带我到寒窑亲小娘

祖父住在城里,老态龙钟了,记忆却很鲜亮。每当黄昏降临,家里便尘土般的飘荡起祖父的一声声喟然长叹。他迟迟不肯睡觉,"明天醒过来说不定就是瞎子了。"于是他睁大了眼睛坐在渐渐黑暗的房间里,宁静、苍劲,像一尊古老的青铜鹰。

可以从祖父被回忆放大的瞳孔里看见我的幺叔。祖父把小儿子和一群野狗搅成了一团。从前的幺叔活脱是一个鬼伢子,爱戴顶城里人的遮阳帽,怪模怪样地在罂粟花地里游荡。有一年夏天,他把遮阳帽扔在河里,迷上了一群野狗。于是人们都看见财主家的小少爷终日和野狗厮混在一起,疯疯癫癫,非人非狗,在枫杨树乡村成为稀奇的丑闻。

"那畜生不谙世事,只通狗性。"祖父诅咒幺叔。他说:"别去管他,让他也变成一条狗吧。"想起那鬼伢子我祖父不免黯然神伤。多少个深夜幺叔精神勃发,跟着满地乱窜的野狗,在田埂上跌跌撞撞地跑,他的足迹紧攥着狗的卵石形蹄印,遍布枫杨树乡村的每个角落。有时候幺叔气喘吁吁地闯到乡亲家里去讨水喝,狗便在附近的野地里一声一声地吠着。沿河居住的枫杨树乡亲没有人不认识幺叔的,说起幺叔都觉得他是神鬼投胎,不知他带给枫杨树的是吉是凶。

逢到清明节,家族中人排成一字纵队,浩浩荡荡到祠堂祭祀祖宗时,谁也找不到幺叔的人影。祖父怨气冲天地对祖宗牌位磕头,碰倒了一碟供果,他沙哑着喉咙问:"祖宗有灵,到底是野狗勾引了我儿子,还是我儿子勾引了那条野狗?"

祖父绝望地预见幺叔古怪可恶的灵魂将永生野游在外。几十年后祖父昏昏沉沉地坐在城里的屋顶下,把那张枫杨树出产的竹榻磨得油光铮亮,他向家人一遍遍地诉说着那年洪水到来时幺叔的弃失,他说一条白木大船载满了家中四十口人和财产,快起锚的时候,幺叔和那条野狗一前一后到了岸边。幺叔问:"你们要到哪里去?"没有人回答他,但好多双手都去拽他上船,拽半天拽不动,这时发现那鬼伢子的腿上系了圈长绳,和一条大野狗紧紧相连。祖父跳下去解绳子的时候,幺叔鬼喊鬼叫死命挣脱,抓破了他的脸。祖父骂着娘去找大板斧的时候,幺叔惊恐万状地冲那条狗喊了一声:"豹子豹子!快逃快逃!"狗果真撒腿跑起来了,一条绳子把幺叔牵绷紧了,那情景像两只小野兽,一前一后冲出了猎人的枪口。祖父仰天悲啸一声,知道那船是该走了,那鬼伢子是该丢了。

"我望得见枫杨树的,只要我的眼睛不瞎,我天天望得见枫杨树。"祖父说,在他寥廓苍凉的心底,足以让红罂粟大片大片地生长,让幺叔和他的狗每时每刻地践踏而过。

幺叔死于一九五六年罂粟花最后的风光岁月里。他的死和一条狗、一个女人还有其他莫名的物事有关。自从幺叔死后,罂粟花在枫杨树乡村绝迹,以后那里的黑土长出了晶莹如珍珠的大米、灿烂如黄金的麦子。

多少次我在梦中飞越遥远的枫杨树故乡。我看见自己每天在迫近一条横贯东西的浊黄色的河流。我涉过河流到左岸去。左岸红波浩荡的罂粟花地卷起龙首大风,挟起我闯入模糊的枫杨树故乡。

有一天枫杨树村里白幡招摇,家屋顶上腾起一片灰蒙蒙的烟霭。有许多人影在烟霭里东跑西窜,哭哭啼啼,空气中笼罩着惶惶不可终日的气氛,仿佛重现了多年前河水淹没村庄的景象。我是否隔着千重山万壑水目睹了那场灾难呢?

那一天是我幺叔的黑字忌日。死者幺叔的灵魂没有找到归宿而继续满村晃荡,把宁静的村子闹腾得鸡犬不宁。我的枫杨树乡亲们在罂粟花的熏风中前去童家老屋奔丧的时候,耳朵里真切地听到一种类似丧钟的共鸣声,他们似乎看见幺叔坐在老屋门前的石磨上,一条腿跷在另一条腿上,此起彼伏的大脚掌沾满灰土、草屑和狗粪,五根脚趾张开来大胆地指向天空。他宽厚温和地微笑着,一双爬满疙瘩肉的手臂却凶恶地拽住了老榆树上的钟绳。

死者幺叔敲着他自己的丧钟,那种声音发自天庭或者地心深处,使乡亲们不寒而栗。他们对幺叔又爱又怕,有许多老人和妇女在忌日里悲恸欲绝,对着日月星辰和山水草木轻轻地喊:"带他去吧,带他去吧。"

从前在我的枫杨树故乡,每个人自出生后便有一枚南竹削制的灵牌高置在族公屋里。人死后灵牌焚火而亡,化成吉祥鸟驮着死者袅袅升天。在听祖父说起灵牌的故事后,我又知道幺叔是个丢了灵牌的倒霉鬼。可是没人能说清那秘密。有传说是幺叔在村里一直浪荡成性,辱没村规,族公在做了一个怪梦后跑到河边,将怀揣的一块灵牌缠绑了石头坠入河底;还有说枫杨树的女疯人穗子有一天潜入族公屋里,偷走了幺叔的灵牌,一个人钻到野地里点起篝火,疯疯癫癫、哭哭笑笑地烧掉了幺叔的灵牌。对这些传说我祖父一概不信,他用黯然神伤的目光注视着天花板,对我说:"你幺叔自己拿走了灵牌,他把灵牌卖给怕死的乡亲,揣了钱就去喝酒搞女人,肯定是这样的。他十五六岁就会干好多坏事了。"

但是如果我幺叔的灵牌还凝立在族公的屋里,我将飞临遥远的枫杨树故乡,把幺叔之灵带回他从未到过的城市和亲人中间来。

我这个枫杨树人的后裔将进入童家宗祠,见到九十一岁的族公大人。

老族公的屋子盖在向阳的土墩上,不开窗户,单是一个黑漆漆的门洞就将我吸了进去。在一团霉烂阴暗的空气中,我头晕目眩,下意识地去摸灯绳,手胡乱地沿墙探索,突然抓到一捆灰尘蒙蒙的竹签。竹签沉得可怕,我丢了它继续在屋里撞,终于撞到了族公脸上,很疼,像是撞着一棵百年老树。紧接着眼前升起一缕火焰。我的九十一岁的老族公举起了蜡烛。他的屋里没有电灯。我借着烛光看清了老族公神圣超脱的面貌,他赤裸着干瘪苍老的身体,一丝不挂,古老而苍劲,他的眼睛爆出的是比我更年轻的蓝色的火焰。

你找什么呢?

告诉我幺叔的灵牌在哪里。

不知道什么时候丢啦。灵牌丢了就找不到了。

族公在烛光之上对我慈祥地微笑。而我在竹签堆里不信任地翻来找去。我闻见屋里的罂粟花味越来越浓,看到墙上地上全拥挤着罂粟花晒干后的穗状花串,连老族公自己也幻变成一颗硕大的罂粟花,窒息了宁馨的乡村空气。我找得满头大汗,在竹签堆里看见了所有枫杨树人的名字,其中有祖父和父亲的名字,还有我的,唯独没有幺叔的灵牌。

谁偷了我幺叔的灵牌?

我大声问老族公的时候,看见族公的脸渐渐隐没于黑暗中,他轻轻舒了一口气,把手中的蜡烛吹灭了,赶我出门。我茫茫然走下土墩,我将在枫杨树故乡搜寻幺叔最后的踪迹。我将凭着对幺叔穿过的黑胶鞋的敏感,嗅到他混杂了汗臭酒臭的气息。

黑胶鞋生产于我们城市的工厂。祖父在六十大寿那天看见窗外下起滂沱大雨,他忽然想起什么便冒着雨走到街上买了那双黑胶鞋,那胶鞋用油布包了三层辗转千里寄到了枫杨树幺叔手上,是祖父一辈子给幺叔的唯一礼物。

听说幺叔第一次穿上黑胶鞋是在七月半的鬼节。鬼节在枫杨树一带不知何时演变成了烧花节。在老家待过的长辈每回忆起烧花节的往事,都使我如入仙境。他们说幺叔穿着乌黑发亮的黑胶鞋站在一辆牛车旁。牛车堆满了晒干的罂粟,整装待发。牛的浑身上下被涂满喷香的花生油和罂粟花粉,绚丽夺目地缚在车轩上。幺叔举起了竹鞭,他们说那是他在村里最风光的时候,他一骗腿上了车座,大黑胶鞋温柔地敲打了牛腹两下,一车子大鬼小鬼就跟着幺叔出发了。在晴天碧空下,火捻子燃烧起来,牛车上升腾起一片暗红色的烟雾,在野地里奔驰如流云。在幺叔的身背后,大鬼小鬼在火焰中幻变成花秆花蕾花叶,一齐亢奋骚动起来,野地里挤满了尖厉神奇的鬼的声音。人们听见幺叔开心地笑着,在送鬼的火焰未及舔上他后背的时候,幺叔唱歌、呐喊,快活得有如神仙。

每年都是幺叔充当送鬼人,那似乎是他在枫杨树老家唯一愿意干的事情。他们说后来牛看见黑胶鞋就发出悲鸣:"牛眼看人大",我幺叔的那两只黑胶鞋像两座灾难之峰压迫着那些牛的神经。他经常对别人说起走过牛栏时听到牛一起诅咒他。幺叔不得好死,枫杨树的牛都是这么说的。

那些送鬼的老牛曾多次出现在我梦中。我看见许多条牛死在幺叔臀下。牲灵们被有毒的花焰熏昏了,被鬼节的气氛刺激而发疯了。有一条公牛最后挣脱了幺叔的羁绊,逃脱花花鬼鬼,最后涉过了枫杨树的河流。我竭力想象那公牛飘飘欲飞的形象,希望它逃脱所有的灾难,我很想让公牛也穿上一双巨大的黑胶鞋。

我祖父曾经预测幺叔会死于牛蹄之下。他心里隐隐觉得送给幺叔的黑胶鞋会变成灾物,招来许多嫉恨。一九五六年传来乡下幺叔的死讯,说他死在老家那条河里。死的时候全身赤裸,脚上留有一双黑胶鞋。

一九五六年我刚刚出世,是一个美丽而安静的婴孩。可是我在记忆里,清晰地目睹了那个守灵之夜。

月光地里浮起了秋蝉声,老屋的石磨边围着黑压压的守灵人。沉默的人影像山峰般岿然伫立,众多的老人、妇女、孩子和男人们错落有致,围护一颗莲花心——我的死去的幺叔。我听见一个雪白雪白的男孩在敲竹梆,每烧完一炷香就敲六六三十六下,三十六声竹梆渐渐把夜色敲浓了。

我睡在摇篮里,表情欲哭未哭,沉浸在一种淳朴的来自亲情的悲伤中。我第一次看见了溺水而死的幺叔,他浑身发蓝，双目圆睁，躺在老家巨大的石磨旁。灵场离我远隔千里，又似乎设在我的摇篮边上。我小小的生命穿过枫杨树故乡山水人畜的包围之中，颜面潮红、喘息不止。溺死幺叔的河流袒露在我的目光里，河水在月光下嘤嘤作响，左岸望不到边的罂粟花随风起伏摇荡，涌来无限猩红色的欲望。一派生生死死的悲壮气息，弥漫整个世界，我被什么深刻厚重的东西所打动，晃晃悠悠地从摇篮中站起，对着窗外的月亮放声大哭。我祖父和父母兄弟们惊惶地跑来，看见我站在摇篮里哭得如痴如醉，眼睛里有一道纯洁的泪光越来越亮。

我是不是还看见幺叔的精灵从河水中浮起，遍体荧光，从河的左岸漂向右岸？我是不是预见幺叔无法逾越那条湍急浊黄的河流，恐惧地看到了一个死者与世界的和谐统一？

多年来我一直想寻找幺叔溺死时的目击者，疯女人穗子和那条野狗。祖父记得幺叔的水性很好，即使往他脖子上系一块铁砣也不会淹死。那么疯女人穗子有什么本事把鳗鱼般的幺叔折腾死？据枫杨树乡亲们说，他们没有料到幺叔会被河水淹死，后来见疯女人穗子浑身湿漉漉地往岸上爬，手里举着一只乌黑发亮的黑胶鞋，才知道出了事故。人们都在场院上晒花籽，谁也没注意河里的动静。只有幺叔养的野狗把什么都看清楚了，那狗看见河水里长久地溅着水花和一对男女如鱼类光裸的影子，一声不响。谁也没听见狗的叫声。他们说如果那时我飞临枫杨树故乡，俯视的也将是个寂静无事的正午。可是我依稀觉得幺叔之死是个天地同设的大阴谋。对此我铭记在心。

在枫杨树人为幺叔守灵的三天三夜里,疯女人穗子披麻戴孝地出没于灵场石磨附近。她头发散乱,痴痴呆呆,脸上带着古怪而美丽的神情。她跪在幺叔的遗体旁,温情地凝视死者蓝宝石一样闪亮的面容。穗子的半身埋在满地的纸钱里,一阵夜风突如其来吹散纸钱,守灵者看到了她的左脚光着,右脚却穿着我幺叔的黑胶鞋。

另一只黑胶鞋却失踪了。我不知道幺叔脚上那双黑胶鞋是什么时候逃离他的烂泥脚掌各奔东西的。

我听说过疯女人穗子的一些故事。枫杨树一带有不少男人在春天里把穗子挟入罂粟花丛,在野地里半夜媾欢,男人们拍拍穗子丰实的乳房后一溜烟跑回了家,留下穗子独自沉睡于罂粟花的波浪中。清晨下地的人们往往能撞见穗子赤身裸体的睡态。她面朝旭日,双唇微启,身心深处沁入无数晶莹清凉的露珠,远看晨卧罂粟地的穗子,仿佛是一艘无舵之舟在左岸的猩红花浪里漂泊。我听说疯女人穗子每隔两年就要怀孕一次。产期无人知晓,只说她每每在血胞破掉以后爬向河边,婴儿掉进水中,向下游漂去。那些婴孩都极其美丽,啼哭声却如老人一样苍凉而沉郁。

在枫杨树河下游的村庄,有好些顺水而来的孩子慢慢长大,仿佛野黍拔节,灌满原始的浆汁。那些黝黑肮脏的孩子面容生动,四肢敏捷,多次出现在我的梦境中。我恍恍惚惚觉得他们酷似我死去的幺叔,他们也许是死者幺叔的精血结晶,随意地播进黑土地生长开花结果。

我将在河边路遇幺叔养的那条野狗。我听见狗的脚步声跟在后面,我闻见它皮毛上的腥臭味越来越浓地扑向我。

我把身子蹲下,回头愤怒地注视它。那野狗硕大无比,满脸狡诈,前腿像手一样举起,后腿支起全身分量,做出人的动作。我看见狗的背脊上落满猩红色的罂粟花瓣,连眼睛也被熏烤成了两颗玛瑙石。

幺叔生前和野狗亲密无间。狗经常在幺叔沉睡的时候走到他干瘦的肚皮上去引吭高叫。我觉得那条野狗像个淫妇终日厮缠着幺叔,把他拖垮了然后又把他拽入死亡之河。我搬起了一块石头,和那狗对峙了很久,当我把石头高举过头顶,狗的喉咙深处忧伤地发出一阵悲鸣钻入罂粟花地销声匿迹。

幺叔幺叔快快杀狗
杀掉野狗跟我回家

当我沿河追逐那条野狗时真切地记起了八岁时寄赠幺叔的那些诗句。那一天我神色匆忙,在枫杨树老家像一只没头苍蝇胡乱碰撞。我将看见死者幺叔的亡魂射出白光横亘于前方,引我完成不可兑现的老家之行。

一路上我将看见奇异的风景散落在河的两岸。我祖父年轻时踩踏过的桐油水车吱扭扭转个不息,一个男人和一个女人交股而立,站在祖先留下的水车上,水渠里的水滞留不动,犹如坚冰。在田野的尽头一头黑牛拼命逃跑,半空云集了大片胡蜂,嗡嗡地追逐黑牛溃烂的犄角,朝河边渐渐归去。当我走到河的左岸,我亲眼看见披麻戴孝的疯女人穗子。她穿着一只黑胶鞋,一步步朝水里走去。当水没过她丰厚隆起的腹部,穗子美丽的脸朝天仰起又猝然抵住锁骨,将头发垂落至水面。她紧紧地揪住那一绺长发,一遍复一遍地在水中漂洗。涟漪初动的水面上冒起好多红色水泡,渐渐地半条河泛出红色。

一切都将是似曾相识,如同我在城里家中所梦见的一般。唯有我的黝黑结实瘦小落魄的幺叔,他的穿黑胶鞋的亡灵来无影去无踪,他是在微笑还是在哭泣?我的幺叔!

一九五六年农历八月初八,我幺叔落葬的前一天,遥远的枫杨树老家的乡亲都在谈论那个丢了灵牌的死者。没有灵牌死者不入宗墓。乡亲们逡巡了全村的家屋和野地,搜寻了所有和幺叔厮混过的女人的衣襟,那块南竹灵牌还是不见踪影。村里乱成了一锅粥。故去的幺叔躺在石磨上,忍耐了他一手制造的骚乱。敲竹梆的守灵男孩三更时竹梆突然落地,大哭大叫。他狂呼幺叔死后开眼,眼睛像春天罂粟花的花苞,花苞里开放着一个女人和一条狗。

人们都说钻进幺叔眼膜的是女人与狗。我祖父也这么说。给幺叔守灵的最后一夜,我祖父隔着千里听到了那男孩的叫喊声,当时他埋着头精心削制一块竹签,削得跟族祖家堂屋里的那堆灵牌一模一样,然后用刀子刻上了幺叔的名字。这一切做完后他笑了几声,又哽咽了几声,后来他慢慢地从一架梯子上往我家楼顶爬去。祖父站在屋顶上俯瞰我们的城市,像巫师般疯疯癫癫,胡言乱语,把楼顶折磨得震荡了好久。那天路过我家楼下的行人都说看见了鬼火,鬼火从我家楼顶上飞泻而下,停在街路上,哗剥燃烧,腾起一尺高的蓝色火焰。鬼火清香无比,在水泥路面上肆无忌惮地唱歌跳舞,燃烧了整整一个黄昏。

把幺叔带回家

前年春天我祖父坐在枫杨树老家带来的竹榻上,渐入弥留之际。已故多年的幺叔这时候辗转于老人纷乱的思绪中,祖父欲罢不能,他拼命把我悲痛的脑袋扳至他胸前,悄悄地对我说,

把幺叔带回家

我终将飞越遥远的枫杨树故乡,完成我家三代人的未竟事业。但是从来没有人告诉我,为什么在河的左岸种下这样莽莽苍苍的红罂粟,为什么红罂粟如同人子生生死死,而如今不复存在。当我背负弃世多年的幺叔逃离枫杨树老家,我会重见昔日的罂粟地。那将是个闷热的夜晚,月亮每时每刻地下坠,那是个滚烫沸腾的月亮,差不多能将我们点燃烧焦。故乡暗红的夜流骚动不息,连同罂粟花的夜潮,包围着深夜的逃亡者。我的脚底踩到了多少灰蛙呀,灰蛙们咕咕大叫,狂乱地跟随我们在田埂上奔跑。

我将听见村子里人声鼎沸,灯光瞬间四起,群狗蜂拥而出,乡亲们追赶着我,要夺下生于斯归于斯的幺叔亡魂。幺叔留下的那条老狗正野游在外,它的修炼成仙的眼睛亮晶晶犹如流星划破夜空,朝我们迅速猛扑过来。人声狗声自然之

声追逐我,热的月亮往下坠,栖息在死者宁静安详的黑脸膛,我背上驮着的亲人将是一座千年火山。

在我的逃亡之夜里,一个疯女人在远远的地方分娩出又一个婴儿。每个人都将听见那种苍凉沉郁的哭声,哭声中蕴含着枫杨树故乡千年来的人世沧桑。我能在那生命之声中越过左岸狭长的土地越过河流吗?

我们这个城市的屋顶下住着许多从前由农村迁徙而来的家庭。他们每夜鼾声不齐,各人都有自己的心事和梦境。如果你和我一样,从小便会做古怪的梦,你会梦见你的故土、你的家族和亲属。有一条河与生俱来,你仿佛坐在一只竹筏上顺流而下,回首遥望远远的故乡。

骑 兵

我表弟左林是个罗圈腿,这意味着他无论如何努力,腿部以及膝盖是无法合拢的。我姨父左礼生将这不幸归咎于左林幼时对一匹木马的迷恋,也不知道有没有科学根据。那是一匹从街道幼儿园淘汰下来的木马,苦命的大姨当时还健在,是幼儿园的保育员。她利用关系,花五毛钱为儿子买下了这件庞大的礼物。她知道这礼物对丈夫也有益,有了木马,左礼生就不用天天趴在床上给儿子当马骑了。那匹木马我小时候也见过,却无缘一试,左林不让别人骑。我记得马身蓝色的油漆已经剥落,马头两侧的手柄经过无数个孩子的抓捏,很像一对活生生的光滑而油腻的马耳朵。左林从早到晚骑在木马上摇晃,他在木马上吃饭,看连环画;有时候困了,就抱着马头睡着了;左林就是那么自私,宁肯抱着木马睡,也不让别人骑。

左林九岁那年冬天,我大姨在幼儿园门口出了车祸,她双手提着孩子们的两个尿桶在结冰的街上走,结果被煤店运煤的卡车撞了。就隔了一夜,好端端的大姨像一只惊鸟似的飞走,飞走再也不回来了,也应了大姨讲的鬼故事里的圈套,任何东西都会变成魔鬼,任何魔鬼都擅长变戏法,最后不知是尿桶魔鬼还是煤渣魔鬼变了这个恶毒的戏法,把大姨自己变没了。据我母亲他们回忆,给大姨办丧事的时候他们便发现左林的腿不对劲,他不会跪。他跪着的时候两个膝盖井水不犯河水,并不拢,人好像盘腿坐在地上。大家当时处在混乱与哀恸之中,有人上去搬弄过左林的腿,弄了几下,没用,也就算了,那样的场合谁还顾得上讨论左林的腿形问题呢。过了很长时间左礼生带左林去看骨科医生,他扒下儿子的裤子问医生,我儿子不会是罗圈腿吧?医生说,就是罗圈腿呀。左礼生急了,在医院里等着医生手到病除;医生却告诉他,你儿子的腿形矫正不过来了,也没有必要矫正,不碍什么事,只不过走路难看一点。左礼生对医生的话是信任的,同时也不盲从,他认定儿子的腿与木马有关,回家后就把那匹木马当柴火劈了。左林那天的尖叫声引来了半条街的邻居,孩子们面对那匹被毁的木马心情复杂,一方面感到可惜,一方面忍不住地幸灾乐祸,而大人们对左礼生的劝慰引起了他更大的愤怒,骑马骑马,左礼生挥舞着柴刀说,骑马骑出个罗圈腿,我劝你们以后别让孩子骑马,木马也别骑!

左林是个罗圈腿。我们香椿树街上的孩子崇拜胳膊上有老虎刺青的三霸,崇拜断了一根食指的阿荣,甚至崇拜练拳击的豁嘴丰收;却没有人瞧得起我表弟左林。大家认为左林走路不仅是难看,而且可笑,他站立的时候两条腿似乎永远准备夹一件什么东西,如果他确实是骑在一匹马上,我们会敬仰他,可惜他不是在内蒙古的大草原上,我们香椿树街除了几条狗、几只猫,还有王德基家不顾卫生禁令擅自养的一群鸡,连一头小毛驴也不产,连地头蛇三霸也无马可骑,他左林能骑什么呢?左林唯一可骑的是我大姨留下来的旧自行车,他借助黄昏暮色的掩护,在街上偷偷地骑车玩,总有人无事生非,斜刺里插出来拽住他的自行车。下来下来,我骑车,你来追!有人特别喜欢出左林的洋相。有人喜欢看左林出洋相。他们互相挤眉弄眼,目光的焦点对准了左林的腿。左林弯着腿站在人们的视线里,他那两个可怜的膝盖似乎在艰难地喘息着,就像牢笼里的困兽在喘息,然后左林奔跑起来,他徒劳地向劫车人高喊道,停住,给我停住!他的两只膝盖也依次发出了嘶哑的呼叫声,黄昏的香椿树街两侧响起了一片笑声——为什么左林一奔跑大家就发笑呢,说起来你不会相信的,左林的膝盖在奔跑时会发出声音,它们会尖叫,它们甚至还会哭泣。

如果左林是一棵树就好了,树永远不需要立正,随便怎么长得歪歪斜斜的,都无人在意。可左林不是树,是人就会听到立正的命令,这命令对绝大多数人是容易执行的,人人都能立正,我表弟左林却立不正。

左林不喜欢体育课,不喜欢团体操,不喜欢军训,可我们的学生时代几乎就忙着做那些事了。平心而论好多教师或领队在处理左林的特殊情况时能够特殊处理,别人立正时由他一直稍息着,有的干脆就将他从整齐的队列中剔除出来了;但也有人天生多疑,吹毛求疵,比如我们学校的体育教师,他误解了左林那种故作轻松的微笑,始终怀疑左林是以调皮的站姿逃避着什么,发泄着什么,对抗着什么。他曾经把左林从操场拉到了厕所里,让左林褪下裤子,亲手检查了他的膝盖,在分外安静的环境中,体育教师也惊愕地听见了左林膝盖的声音。你的膝盖在吱吱地响!体育教师蹲在地上用两根手指敲打左林的双腿,他受惊似的瞪着左林,你的膝盖怎么会响的呢?

左林的嘴角上流露出一丝得意之色,一种不恰当的表现欲使他把双腿交叉起来,人像一根麻花一样站在体育教师面前;他没说话,但眼神分明是在向体育教师炫耀着什么,于是体育教师清晰地听见左林膝盖发出了尖叫声,一种浊重的带有金属碎裂的尖叫声。

怎么叫起来了?别这么站!体育教师一定被左林的膝盖吓着了,他开始慌乱地替左林摆弄站姿,他说,快别这样,小心拧断了腿!

左林记得很清楚,他是如何依靠自己的膝盖震慑一个粗暴蛮横的成年男子的,这种机会并不是太多,左林因此感到莫名的宽慰,他好像局外人似的欣赏着对方脸上丰富的表情变化,从惊吓到尴尬,从尴尬到悲悯,左林咬着手指偷偷地笑。后来体育教师叹了口气说,是站不直,冤枉你了,可是……可是你这腿,以后不能当兵啦。左林满不在乎地拉好了裤子,拉好裤子后又解下,对着小便池撒尿,他说,谁稀罕当兵!他侧过脸偷窥着体育教师,体育教师是当过兵的,他的军裤在左林眼前放射着沉重的绿色的光芒,绿军裤下隐约可见一个体形标准的男人健壮而笔直的下肢线条。那个瞬间左林耳边响起了很多人和他开过的一个玩笑,左林,你以后可以当骑兵。那些人心情各异,却为他的腿设计了同一个美妙的未来,包括街上的地头蛇三霸,他也这么安慰过他——腿弯怎么了,好骑兵腿都是弯的,左林,你以后当骑兵去!

我以后当骑兵。左林站在小便池前左顾右盼,他开始嘟囔起来。某种处境逼迫他思考着什么。厕所的地面中午时被冲洗过,现在半干半湿的,秋天的阳光从排窗里投进来,左林突然发现那块不规则的光影和地上的水渍尿痕混在一起,形状酷似一匹奔马。我骑马。他说。我当骑兵。

体育教师离开后左林仍然留在厕所里,他瞪着厕所的地面,他看见奔马状的水渍在阳光的辐射下开始膨胀,开始起伏,开始向上跳,向上跳,然后那件神奇的事情便发生了:他听见外面的女贞树丛里响起了一阵细碎但异常悦耳的马蹄声,他抬起头向厕所窗外张望,清晰地看见一匹白色的长鬃骏马从树影中向操场奔驰而去。

是一块宣传橱窗挡住了左林的视线,当他追到宣传橱窗后面,白马不见了,马消失的速度比它的到来更加迅捷,最后的马蹄声也被一种嘈杂的刺耳的声浪淹没了。左林看见的依然是学校的灰土操场,操场上尘土飞扬,九月干燥的阳光映照着排练国庆团体操的队列,广播喇叭里一个女声重复着口令,一二,打开……三四,收拢。操场上排成花环形状的人群按照口令模仿花朵的绽放。那匹白马不见了。左林躲在宣传橱窗后心神不定,他怀疑是自己看花了眼,学校里永远也不会跑来一匹马的。但左林不甘心放弃一个奇迹,他耐心地等待着,向每一个发出可疑声息的方向张望。奇迹却没有再次出现,他看见的只是一座类似军营的学校,一半安静,一半喧闹,安静与喧闹尖锐地对峙着。一只金黄色的蜻蜓撞击着玻璃橱窗,一页作业纸在低空中飞了一会儿,落在花坛上。那不是左林等待的奇迹。白马不见了。左林很失望,他不愿意再回到操场上去,在排练接近尾声的时候他独自离开了学校。

按理说左林经过传达室应该是猫着腰匆匆而过的,但左林想再次证实一下来访的白马到底是一次奇迹还是一种幻觉,他敲传达室的玻璃窗,问里面那个老门卫,有没有一匹马跑到我们学校来?老头说,什么马跑到我们学校来了?左林说,一匹白马,你有没有看见一匹马跑到我们学校来?老头这回听清楚了,他暴怒的反应令左林不知所措,一定是误以为左林戏弄他眼神不好,老头抓过一把扫帚向窗户外扔了出来,我没看见白马,就看见你这头黑驴!

好多人对左林怀着炽热的仇恨,左林下意识地夺门而逃,他是突然想起来老头患有眼疾的,一只眼睛时常用一块纱布蒙着,有时分不清谁是教员谁是学生。他记得老头从传达室里追了出来,老头咒骂他的声音先是愤慨,而后充满了意外的惊喜,他说,好呀,左礼生的儿子!你也配笑话我,我看不清别人看得清你这头小黑驴,你跑呀,跑呀,长着个罗圈腿,你他妈的还想跑多快?

侮辱对于左林是司空见惯的,左林很少为受辱而生气,但他很好奇,为什么别人用了这么多的智慧和词汇来形容他的步态。有人说他走路像撒着尿,一路走一路撒;有人打赌说铁匠家的大黄狗能从他的腿裆里穿过去;有人形容得温和,说他像南极洲的企鹅;有的就令左林记仇了,春耕就这么说过他,像一个刚刚被日本鬼子强奸过的妇女!左林在黄昏的街道上奔跑,他的膝盖照例发出了无声的尖叫。左林听不见自己膝盖的叫声,他纳闷老头为什么把他称为黑驴,隐约记起来在一部战争电影里看见过一个村妇骑着驴子到敌占区去,驴背上驮着两只花包裹,里面装的是地雷。但驴子的模样在他的记忆中有点模糊,左林在一路奔跑的时候看见的仍然是一匹白马,这回他清醒地意识到那是一匹虚拟的马,因此马奔跑的速度近乎疯狂;他看见自己骑在那匹疯马的马背上,从狭窄的人来人往的香椿树街上疾驰而过,所有的人都驻足观望;左林的嘴里发出了驭手雄壮的吆喝,驾,驾,驾,他对准前方的一辆自行车做了个挥鞭的动作,而后他像一匹马或者像一个骑兵一样在黄昏的街道上奔驰起来。

那年秋天左林按照他想象中的骑兵那样在马背上生活。我母亲去他家送鸡汤,看见他把一堆棉被放在三张椅子上,人坐在棉被上晃着腿,肩膀一耸一耸的。我母亲说左林你搞什么名堂,被子会让你磨坏的。左林从来不向别人解释他古怪的行为,他坐在那匹虚拟的马上把一锅鸡汤都喝完了。我母亲说,喝鸡汤还抖腿呀,看汤都洒了,左林你都那么大了,怎么还玩小孩子的把戏呢?我母亲回家后一直在哀叹没娘疼的孩子不容易长大,更让她担心的是左林坚定的旁若无人的表情,那表情在宣告,我玩的就是小孩子的把戏,不要你管。那年秋天左林独来独往,心中怀着一个灼热而令人费解的秘密。连我都觉察出左林对骑兵生活的疯狂的妄想,我看见过他骑在学校的围墙上,就像骑在马上,一只手威武地指向空中。左林的举止让大家为之担忧,他们都提醒左礼生注意儿子的心智发育问题,左礼生却不乐意听这些,他说,左林就是腿骨头歪了,大脑没长歪,他脾气怪,是让人欺负的,再说他立志要当骑兵有什么不好?瞎子学算命,罗圈当骑兵,那是造化!

由于香椿树街地处南方,除了动物园养着几匹光吃不跑的斑马,你甚至找不到可以替代的牲畜。左林的骑兵生涯的难度大家可想而知。左林为他的马而时刻焦虑着。他无法慢慢地走路,他一走路就听见踢踏踢踏的马蹄声,这声音逼着他以驭手的速度一路小跑,可是他清楚胯下的马并不存在。他从家里找到了一把镰刀,拆下木柄挂在腰上试一试,有点像一把马刀,马刀马靴马鞭都可以用别的替代,独独最重要的马却很难寻觅,整整一个秋天左林做着马的梦,他在学校的厕所附近等待奇迹,但白马再也没有来。然后是一个雨后的清晨来临了,左林醒来发现宿醉的父亲正躺在他的身下,在梦里他爬到了父亲的背上,在梦里他像一个骑兵跃马一样跃到了父亲的背上。那个瞬间左林很惶惑也很惊喜,他轻轻地在父亲背上颠了几下,左礼生宽厚的后背柔软而坚实,让他联想起一匹好马的马背。左林是多么留恋父亲的后背,可是他听见父亲在睡梦中咕哝了一声,起来,小便去。左林就去小便了,一种奇妙的快感仓促间结束了,它不会再来。左林深知他再也不能跃到父亲的后背上去了。

大家都说创作讲究灵感,我表弟左林也是从一次意外中吸取灵感的,就是从那个雨过天晴的日子开始,左林着手从人中间物色他的马。

左林在纸盒厂附近拦马,第一个拦住的是小安,他让小安弯下腰,做他的马。小安是个精明的孩子,怎么肯做左林的马,推开左林就溜了,回过头还威胁道,左林你给我小心点,明天我让三霸来打你。左林说,三霸算老几,明天我让我表哥来打三霸! 左林退回到墙影下,继续在街上来往的人群里物色他的目标。他成功地拦住了纸盒厂张会计八岁的儿子,这次他吸取了教训,用了智慧,他说,怎么没有人跟你玩? 我来跟你玩,我们玩个好玩的游戏吧。张会计的儿子上了当,可是当他发现左林其实是把他变成一匹马在街道上骑着玩的时候,他就不干了,他怎么推搡左林左林也不下来,小男孩就哭叫起来了。纸盒厂的好多女工都从窗户里向他们探头张望,左林不得不放开小男孩从纸盒厂转移。只骑了五六米远就终止了骑马练习,左林不甘心,他怏怏地环顾四周,忽然觉得这条热闹的街道其实很荒凉。

香椿树街上行人无数,每一个行人其实都可以当他的马,他们好像一匹一匹从左林面前奔驰而过,却没有一匹马愿意停下来让他跃上马背。火车隆隆地驶过了香椿树街,火车是世界上跑得最快的铁骏马,那么多人骑过它,离得这么近,左林却从来没有上过火车。左林向火车车厢里一些模糊的人脸挥手,那些人一闪而过,火车也像一匹骏马一样一闪而过。在秋天苍白的阳光里,左林感受到了某种深深的孤独。

左林沮丧地来到了铁路桥桥洞,他看见傻子光春胖墩墩的身影在桥洞里左右摇晃着,他在水泥墙上磨一把锁。左林说,傻子,你磨锁干什么? 傻子光春说,你不知道锁里面的芯子是铜的? 把铜芯子取出来呀。左林说,傻子就是傻子,你花那么大力气磨那点铜？有个屁用，收购站不收的。傻子光春说，不送收购站，我跟货郎换洋画片的。左林说，你简直是世界上最傻的傻子，你不会从家里找吗，听说你奶奶以前是个地主婆，别说是铜了，没准她还有金子呢。傻子光春说，我们家什么也没有，我奶奶喜欢藏东西，家里找不到铜了，我奶奶把她箱子上那把铜锁藏起来了，货郎说那样的大铜锁能换十五张，水浒一百零八将，我再有三十多张就收齐啦。左林鄙夷地从鼻孔里哼了一声，这么大的人了，还收洋画片。但与此同时左林听见桥洞里开始回荡着马蹄杂沓的声音，那声音来自于傻子的脚下，左林的心跳得厉害。在幽暗的光线里傻子光春呈现出令人欣喜的马的气象，傻子的黑色塑料凉鞋像两片现代化的马掌，傻子修长的骨节突出的双腿比马还要粗壮，傻子浑圆结实的后背是多么理想的马背，而傻子蓬乱的不加修剪的头发似乎模拟着马鬃的形状。左林的呼吸急促起来。他的迷离的眼神透露了一个狂热的心思，傻子光春，多好的一匹马！傻子光春，你就是我的马！

仅仅是在一瞬间，左林的眼前降落下一块小小的草原，还有一匹马。左林像一个驭手向他的马走过去，他忍不住地摸了摸傻子光春的脖子，那脖子很光滑，而且有点油腻，但左林还是感觉到了他想象中的柔软浓密的白色马鬃，傻子光春对左林的举动有点惊讶，他推开左林的手，你为什么摸我脖子？左林凝视着傻子光春，他的手固执地伸过来，在傻子光春的后背上抚摸了一下，他的手告诉他，这是在香椿树街上能找到的最宽厚最安全的马背。但傻子光春怕痒痒，他一边躲闪一边咯咯地笑起来了，说，左林你疯啦？我又不是女的，你为什么要摸我脖子？左林看了看经过桥洞的行人，竖起一根手指示意他别嚷嚷，他对傻子光春说，我们做个游戏，你当马，我当骑兵，你不会吃亏的，如果你做得好，我马上送你一把铜锁，如果你天天做我的马，我把我的一百零八将洋画片都送给你！

桥洞听见了左林的承诺，当时从两个孩子头顶上经过的一列货车也听见了左林的承诺，却都是没有记性没有嘴巴的东西，没有一个人可以为此作证。傻子光春不放心，他提出要和左林钩指起誓，左林犹疑了一会儿答应了，说，平时看你傻，要东西的时候怎么不傻了呢？后来他们就隆重地钩了手指。

属于铁路部门的贮木场是左林练习骑术的主要场地。从香椿树街到贮木场去要穿过三条肠状小巷，一个化学品仓库，还有一口池塘。别人不去那里。别人不去的地方是左林的乐园。左林用他父亲的一双高帮雨靴替代骑兵们的马靴，马鞭相对容易一些，左林一开始用的是一条麻绳，但麻绳看起来太粗笨，不像一条马鞭，更重要的是傻子光春怕疼，总是埋怨麻绳抽起来太疼。左林只好换了一条废电线，废电线当马鞭用，傻子光春不怎么抗议了，但它不能发出那种响亮的清脆的啪啪之声，这是左林的一大遗憾。

也可以沿着铁路走到贮木场去。贮木场其实就坐落在铁路路坡下面，很大的一片地方，用铁丝网和木棍草草地围着，除了铁路货运部的人偶尔开着卡车来装运木材，此地永远是安静的。曾经有个高大的长着鱼泡眼的老人看守过这里的木材,后来看不见那老人了,或许是去世了,或许是回乡下养老去了。贮木场的大门锁了起来,但门的两个部分好像闹不团结,都赌气似的歪着,留下一个空隙,正好可容闯入者侧身通过。左林和傻子光春就是从门缝里钻进去的。

看门人的小屋空空荡荡的,透过破碎的窗玻璃能够看见一个脸盆架和半片床板立在满地废纸和煤渣中间,无人居住的屋子看上去都很脏,似乎隐藏着某个阴谋。左林对所有看门人都怀着某种怨恨,包括贮木场的老头。他有个模糊的印象,老头也曾经像别人一样吓唬过他,不知在什么时候什么地方,他也曾模仿过自己走路的模样。左林头一次来贮木场的时候就说服傻子光春,一人在小屋里拉了一泡屎,这让左林感到报复的快乐;但是这个唐突的行为也给他们自己带来了不利,两个人后来走过小屋时,都忍着不向窗户里看,一看就看见了那两堆东西,苍蝇绕着它们飞;更不利的是小屋本来可以作为他们的休息室的,现在却搬了石头砸自己的脚,不好进去了。

秋日的阳光照耀着贮木场的木材和杂草,不远处的铁路上时而有列车轻盈地驶过,车上的旅客如果向南侧路坡下张望,他们会有幸见到左林最辉煌的那段骑兵生涯。他的马是另一个少年,他的马场虽不正规,却是全封闭的无人干扰的;马和骑手当时明显地处于艰难的训练阶段,而贮木场里的一堆堆陈年的圆木和沥青泡过的枕木充当着沉默的观众。

不准偷懒,你再把腰弯低一点,再低一点,左林说,你这么弓着背,哪像一匹马,你像一头长颈鹿!

弯不下来了,再弯我就没法跑了。傻子光春说,你还说我偷懒？你不信,不信我们换一下试试？

慢点,慢点,我要掉下来了。左林说,这哪像个骑兵,像骑驴。

一会儿要快一会儿要慢,我累死了。傻子光春说,我不跑了,休息,休息休息。

不准休息,才跑了一圈你又偷懒。左林高高地举起了他的电线马鞭,练习的不顺利使他控制不了自己的火气,啪的一声,他听见傻子光春尖叫了一声。傻子光春惊恐地回过头,小罗圈,你真用鞭子抽我?你抽那么狠?傻子光春起初仍然以马的姿势驮着左林,突然意识到什么,猛地就把左林从背上掀下去了,一只手使劲地往后背上摸,却摸不到,傻子突然哭起来,说,出血了,一定出血了!

左林跌坐在地上,他知道傻子怕疼,不该抽鞭子的,可是后悔也来不及了,他站起来查看傻子的后背,一边安慰他说,没事,只起了一道红印,划破了一点点皮。左林怀着歉意在傻子光春的伤处比画了一下,没想到傻子推开了左林,傻子空洞的眼睛里燃烧着觉醒的怒火,这怒火使他吼叫起来,我要抽还你一鞭!

傻子光春夺下了左林手里的电线,左林起初一边躲闪一边还用语言威胁对方,很快发现那已经不起作用,傻子就是傻子,他冲动起来就只认唯一一件事,抽还你一鞭!抽还你一鞭!左林能够想象傻子的蛮力会使那一鞭变得多么可怕,所以他只好拼命向大门那里跑,这个情景描述起来似乎有点可笑,一匹马挥着马鞭追逐着骑兵,而骑兵落荒而逃。尽管可笑,但这是一个事实,左林后来脸色煞白地从贮木场逃了出来,他的马不依不饶地在后面追赶他!

傍晚时分绍兴奶奶拉着傻子光春闯进了左林家。他们确实是闯进来的,如果他们事先敲门了,或者绍兴奶奶不是那么沉得住气,先骂几句发个警报什么的,左林是有时间从窗户里逃避这场灾难的。可是左林和父亲两个人吃着饭,只听见门吱嘎一声,绍兴奶奶的声音就像霹雳在身后炸起来了。

左礼生,你还吃得下饭?又吃米饭又吃馒头,你们不怕噎着?

左礼生茫然的表情很快转化为阴郁的怒火,他看了看绍兴奶奶祖孙俩,一只大手敏捷地捉住了左林的手,别动,他对儿子说,你跑我打断你的腿!

绍兴奶奶对事件的描述虽然有添油加醋的成分,但总体上是事实,事实简洁明了:他让傻子当他的马,他答应给傻子一套水浒一百零八将的洋画片;结果傻子一张画片也没得到,后背上却挨了一鞭子。你看看,你那好儿子下的毒手,绍兴奶奶把傻子的衣服撩了起来,看看,看看,皮都烂了,左礼生,平时看你是个忠厚老实的人,我还张罗着给你说媒呢,是不是,你怎么教育了个禽兽不如的儿子出来,别人欺负他,他就来欺负我家傻子,你们家的祖坟要冒黑烟的呀!

左林说,我不是故意抽他的,我不是故意的——这句话没说完,左礼生掴了儿子一巴掌,下半句话咽回去了。左礼生说,给我跪在那里,现在没你说话的份儿,你去把你的一百零八将拿出来给他。左林就跪在地上了。他看见绍兴奶奶还撩着傻子的衣服,展示傻子背上的鞭痕,突然觉得不公平,便在一边嚷了一句,他也要打我——这句话同样没有说完,左礼生过来捆了儿子第二个耳光,说,你给我去拿你的画片,马上去拿。左林说,你让我跪的。左礼生说,先去拿,拿给他了再跪,你要跪一晚上呢,有你跪的。左林不动,仍然端正地跪着。左礼生踢了儿子一脚,紧接着他意识到了什么,他看见左林的眼睛里突然涌出了泪光。怎么回事,你没有一百零八将的画片了?你舅舅给你的画片呢?左林转过脸看着墙壁说,都送光了,林冲鲁智深李逵,那些好的都给东风拿去了,春耕打我,我让东风去打他的。左礼生焦急之中顾不上别的了,追问道,那剩下的呢,一百零八将,有一百零八张呢!左林似乎感觉到父亲的巴掌将再次袭来,预先用手捂住了脸,他就那么捂着脸交代了画片的去向,其他都给郁勇抢走了,他说他当我的保护人。

　　左林记得父亲举起了拳头,值得庆幸的是傻子光春突然爆发的哭声救了他。绝望的傻子哭起来就像一个三岁的孩子,左礼生被那样沙哑而稚气的哭声吓着了,他丢下儿子向傻子光春走过去,他摸着傻子的脑袋,傻子晃了晃脑袋,把左礼生的手晃开了,继续张着大嘴,绝望地哭。左礼生手足无措地看着绍兴奶奶,说,我要打死他,绍兴奶奶,我让左林给气晕了,事情弄到这一步,该怎么罚他,该怎么罚我,你老人家说句话吧。绍兴奶奶向左礼生翻了个白眼,似乎要说出什么刻毒的话来,突然却急火攻心,喉咙里涌上一口痰,就是这一口痰的停顿,让绍兴奶奶想起了事件之外的许多事件,绍兴奶奶一下子悲上心头,捂着胸,叫了一句,我们祖孙俩的命怎么这样苦呀——竟然也哭起来了。

绍兴奶奶和傻子光春一个尖锐一个粗哑的哭声在左家回荡了大约三分钟,三分钟后左礼生恢复了理智,他做出了一个非常合理而公正的决定,他把左林推到傻子光春面前,一只手按住了左林的背部。光春,现在轮到你骑他了!只有这个办法才能解决问题,左礼生一只手按住儿子,一只手去扶傻子上马。傻子光春止住了哭声,看得出来他对左礼生的方案很感兴趣,只是不敢贸然行事。他用眼神向绍兴奶奶征求意见,绍兴奶奶却沉浸在几十年的悲伤中了,她在左家的藤椅上坐了下来,闭着眼睛,一口口地吐气,吸气。傻子光春听从了自己的意愿,他骑到左林背上的时候有点羞涩,还要马鞭呢,他说,左林把马鞭放在抽屉里的。左礼生说,好的,给你拿马鞭。左礼生从抽屉里果然找到了那条废电线,他把电线递给傻子的时候看了看左林:左林弯着腰驮着傻子,他的矮小的发育不良的身体在微微摇晃,他的干瘦的双腿也颤抖着,呈现出一个悲壮的半圆形。左礼生很想看见儿子的脸,却看不见;左林低着头把傻子光春驮在背上,他的脸埋在灯光的阴影里。

傻子光春一会儿便快乐起来了,咧着嘴笑,似乎对他的角色转变充满了信心和期望。他说,左叔叔,我能把他骑到街上去吗?

左礼生迟疑地看了看藤椅上的绍兴奶奶,绍兴奶奶睁开了眼睛,她犀利而坚硬的目光使左礼生有点慌乱。左礼生嘿地一笑,说,当然能骑到街上去,左林骑你也是在外面嘛。

先是三个人来到了夜色初降的香椿树街上,后来绍兴奶奶也出来了。四个人,其中包括一个骑兵,一匹"马",两个观众兼裁判,他们在刚刚亮起的路灯下以混乱的队形和速度由东向西行进。路人们和一些邻居都看见了这支队伍,孩子们之间的骑兵游戏并不让人吃惊,人们好奇的是为什么左林和傻子光春的这场游戏由左礼生和绍兴奶奶陪伴着,他们居然不加制止。他们问绍兴奶奶,绍兴奶奶,你为什么让光春骑在左林背上呀?绍兴奶奶觉得人家问得没道理,她气呼呼地不理睬人家。倒是左礼生,自己给自己一路打着圆场,说,孩子闹着玩,让他们闹着玩去。

左礼生一直紧跟着儿子和傻子光春,他关注的是儿子的腿,以及儿子的膝盖;正如预料的那样,左礼生很快听见儿子的膝盖发出了呻吟的声音,儿子没有哭,但他的膝盖开始哭泣了,那声音是努力压抑着的,却像碎玻璃一样溅开来刺痛了左礼生的心;左礼生感到了那种难以承受的刺痛,他向傻子光春赔着笑脸,说,怎么样,出了气了吧,街上人多,还有汽车,要不要先下来,让他给你再道个歉。傻子光春却骑得正得意,他说,不行,他骑我骑了很多次了,他骑我骑得比这久多了。左礼生转过脸看绍兴奶奶,绍兴奶奶偏不回应他的信号,只是看管着孙子手里的电线。不许用鞭子,骑就骑了,不能用鞭子抽人。她说着忽然加强了语气,旧社会的恶霸地主才用鞭子抽人呢。左礼生无奈地说,那就再骑一会儿吧。

左林的膝盖却开始尖叫了,左礼生听见了那尖叫声,他相信绍兴奶奶和傻子都忽略了左林膝盖的声音;左林的膝盖快碎裂了,左林的膝盖快爆炸了,他们听不见那可怕的声音。他们听不见。左礼生在万箭穿心的情况下急中生智,他果断地拉住了骑兵和马,不由分说地把傻子光春架到了自己的背上,给你换一匹大马骑,左礼生说,骑大马最舒服了。快,叔叔让你骑大马!

绍兴奶奶反应过来以后试图去拦马,她摆着手说,礼生这可使不得,孩子的事情,你大人不该夹进去,你这让我的脸往哪儿放?绍兴奶奶命令孙子下马,但傻子光春一定发现骑左礼生这匹大马舒服多了畅快多了,他不肯下马,于是骑兵和他的马在香椿树街上一路奔驰起来,骑马啦,骑马啦!左礼生和傻子光春的欢呼声一个低沉一个高亢,骑兵和马都在急速奔驰中发出了狂热的呼啸声,骑马啦,骑马啦,骑马啦!

我表弟左林记得那天夜里空中飘着些小雨,昏暗的路灯光下有一些昆虫在飞舞,他坐在地上,看着傻子光春骄傲地骑在父亲背上,他像一个真正的骑兵,手执马鞭,身体直立,策马向前飞奔。他看见骑兵和马融为一体,渐渐消失在香椿树街的夜色中,就像他梦想过的骑兵和马消失在草原上。

左林哭了。左林一哭他的膝盖也跟着哭了,膝盖一哭左林就哭得更伤心了。在极度的虚弱和疼痛中他再次看见了马,马从铁路上下来,不只一匹马,是一群马向他驰骋而来,群马穿越黑暗的雨中的城市,无数马蹄发出惊雷似的巨响;他依稀闻见细雨中充满了青草和马的气味,整条街道回荡着马的嘶鸣声;后来他感到马群来到了他身边,他感觉到谁的手,不知道是谁的手,把他扶到了马背上;他骑上了一匹真正的白色的顿河马,他骑在马上,像一支箭射向黑暗的夜空。

食指是有用的

除了泥瓦匠小满,包工头顾复生手下的匠人们都姓顾,他们从一个名叫顾庄的地方来,彼此间有着一团乱线似的亲戚关系。在顾复生的领导下他们很像一个共产主义大家庭,劳动作业在一起,吃喝拉撒在一起,就是睡觉,十几条汉子也挤在一起睡。

小满总睡在工棚的门边。那是一个最差的位置,冬天为别人挡风,夏天为别人招徕蚊子,夜里起夜的人就在他身上跳来跳去的,常常踩着他的腿。小满讨厌睡在门边,他想最差的地方大家应该轮流睡,出门在外的人大家应该客气,这次你吃亏了下次别人会还你的情。但小满没想到换了几个工地,他还是睡在门边,那些顾庄的匠人们有意无意地把小满挤在外面,没有人对小满说过一句客套话。小满很恼火。他跟顾复生说这件事,顾复生听他说完却笑起来了,他说,你这人怎么跟妇女似的?屁大的事还放在心里?出门在外的人,这点小亏也吃不得?睡门边有什么不好?空气新鲜,睡得还比他们清静点呢。

让顾复生这么一说,小满就不好意思再提这事了,他明明知道顾复生在打马虎眼,就是不好意思与他论这个理。顾复生当然庇护顾庄的人,谁让他不姓顾呢?小满心里对顾复生很有看法,就是不好意思说出来,顾复生那么精明能干的人,把你装麻袋卖了你都不知道,但他对小满还算公道,至少在工钱上从不欺瞒小满。小满想顾复生有句话说得在理,出门在外的人就是要吃些亏的,他要是有志气就学顾复生,宰相肚子里好撑船,以后混好了也做包工头,做了包工头就租房子住,还用得着为睡工棚的事生气吗?

小满后来就一直睡在工棚的门边。夜里他听着顾姓工匠们东一句西一句地闲聊,那种语调一致的乡音像一堆鞭炮快乐地炸响着,小满不知道他们为什么总是这么快乐,大概就因为他们是一个村子的人吧?他不会说那种怪声怪气的顾庄话,就觉得他们的快乐莫名其妙;他的铺盖毗邻顾明的铺盖,他其实也是挨挤着他们睡的,但小满就觉得自己孤单;出门在外的人都是孤孤单单的,小满不怕孤单,但他就觉得自己像是睡在工棚外面,像是他们顾庄人的哨兵一样。

顾庄的匠人们中间有个叫顾金水的,是顾复生的叔伯兄弟,就是这个顾金水,简直就是小满的冤家。他看小满怎么都不顺眼,干活的时候总是嫌小满手脚慢,嘴里冷嘲热讽的,小满看他便也不顺眼。顾金水干活虽然是一把好手,但小满认为他是个恶人。小满忍不住心中对顾金水的怨火,有一次上厕所时就用红砖块在墙上写了一行大字:顾金水是只大乌龟。

小满没想到他写的厕所标语几乎闹出人命来。那天中午顾金水从厕所出来时脸色苍白,他在工地上跌跌撞撞地转了一圈,突然就抓起一把瓦刀朝小满冲过来。小满凭着某种本能预感到顾金水来者不善,他当时正在拌水泥,他用铁铲迎着顾金水,整个身体被一种好战的激情烧得一蹦一跳的,他想只要顾金水敢上来,他就敢用铁铲砍他,他要让那帮姓顾的人见识一下,他是不是一个胆小怕事的孬种!小满这么想着,却看见顾复生斜刺里冲出来,抱住了顾金水的腰。顾复生嘴里大声训斥着他的叔伯兄弟,目光冷冷地瞪着小满,不知怎么回事,小满被顾复生瞪得有点心虚了,他把铁铲插在水泥里,抓了抓耳朵说,打就打,我怕谁?我谁也不怕!

小满当时注意到有两个匠人一直掩嘴窃笑,他还不知道他们在笑谁,他在纳闷顾金水为什么为了那几个字找他拼命。那天中午顾金水没有回工棚午休,小满听见几个匠人压低嗓门议论上午的事,每个人的表情看上去都很猥亵下流。起初他还以为他们在说自己,他努力地辨别他们说的每一句方言的意思,要是他们当我的面骂我就欺人太甚了,小满想,要是他们敢当我面骂我,我就把他们那些屁话塞回到喉咙里去,必须让他们知道我小满不是好惹的。小满一边听他们说话一边用瓦刀砍工棚的砖墙,有个民工对小满说,你敲什么敲?你还跟个没事人似的,小心金水回来宰了你!小满冷笑了一声,说,谁宰谁还不知道呢。他们并没有在意小满的回答,顾姓匠人们仍然扎成一堆说那件事,也就是这时小满突然听懂了顾庄的方言,他听懂了他们说的莴苣其实是乌龟的意思,他们在说顾金水和他老婆还有顾复生的事。小满很快就明白了,他随随便便写下的标语竟然披露了一件隐私,原来顾金水就是一只乌龟!顾金水的老婆在匠人们嘴里比潘金莲还要放荡,更让小满愕然的是顾复生与那女人偷情的细节。小满想这事也太那个了,让顾金水背上乌龟恶名的竟然是顾复生!顾金水还死心塌地为顾复生卖命呢,顾复生还动不动拉顾金水出去喝酒呢,这种事也太那个了,他们顾庄人怎么会这样不知羞耻呢?

小满坐在他的铺位上,想起上午顾金水找他拼命的样子,忍不住咯咯笑了一声。小满的心里对顾金水充满了鄙视,除了鄙视,又有一点恻隐之心。他想早知道这样他就不会在厕所里写那几个字,打蛇打七寸,打人却不可以揭他的疮疤,早知道这样他该换个标语骂顾金水,骂他是婊子养的,或者孬种王八蛋什么的,骂什么都行,就是不能骂那句话。小满想顾金水好歹是个男人,是个男人都要个脸面的。

那天顾金水喝得醉醺醺地回来,走进工棚就朝小满踢了一脚。小满跳起来,刚跳起来就又坐下了,而且还朝他咧嘴笑了笑,小满突然对顾金水有了一种好人不打瘸子的胸怀。他的忍让明显让顾金水感到意外,但顾金水不领这份情,他摇摇晃晃朝工棚里面走,一边回头瞪着小满。顾金水的目光让小满感觉到一种寒意,只有杀人犯才有这么阴森可怕的目光,小满下意识地抓紧了手上的瓦刀。

小满不相信顾金水有杀人的胆量,但是从那天开始,顾金水的目光就像小满的第二条影子那样追踪着小满,小满无法摆脱那条影子似的闪闪烁烁的目光。有一次他在蹲厕所时候突然觉得后背有一股寒意,回头一看便看见了顾金水的眼睛,顾金水正趴在厕所后窗上监视他呢。小满哭笑不得,他猜到了顾金水的心思,于是便调皮地用食指在墙上划了几下，他做出写标语的架势，想看看顾金水会怎么样，但顾金水并没怎么样，小满的食指往墙上一按，顾金水就跳下窗子走了。

小满从来没遇见过像顾金水这样的人，他不知道顾金水算什么样的人。顾金水头几天总是杀气腾腾地看着小满，小满不怕他，后来他的目光里没有什么杀气了，只是像乱藤一样缠住小满，小满还是不怕他。小满不相信顾金水有杀人的胆量，但是为了预防万一，他还是悄悄磨快了一把瓦刀，每天夜里把瓦刀放在枕头下面。

半年来他们一直在为一所小学盖教室，盖的是土洋结合的三层楼。据说顾复生在顾庄的家就是那么一种三层楼，只不过面积小一些罢了。小满一直难以想象顾复生家的三层楼，他想顾复生老是在哭穷，老是在埋怨别人拖欠他的款子，他哪来这么多钱盖三层楼呢？小满一直想不出顾复生家的三层楼是什么样子，但有一天黄昏他在楼顶抹平面时忽然见到了那所房子，那所房子飘浮在晚霞红云之下，雪白的墙面，蓝色的窗子，彩色琉璃瓦的屋顶，小满怀疑那是不是幻觉。他看见顾复生西装革履地出现在每一扇窗子里，顾复生在每一扇窗子里渐次出现，用他刚柔相济的目光盯着小满，天快黑了，手脚加快点！小满听见了熟悉的催促声，他停下手里的活，揉了揉眼睛，又扯了扯自己的耳朵，他怀疑那是不是幻觉。小满的心中突然充满了酸楚，他想起小时候看过的一部描写地主剥削农民的电影，他想这他妈的是怎么回事，顾复生不就是一个剥削人的地主吗？他不就是一个被剥削的长工吗？就在那天傍晚小满破坏性地把一袋水泥倒在水中，让顾复生损失了几十元钱,小满以为没人知道他的恶作剧,可他一下工地就被顾复生堵住了。

小满觉得顾复生的脸色很难看,但他还没有想到倒水泥的事。顾复生慢吞吞地问,你知道一袋水泥多少钱?小满一下子就愣住了。顾复生又说,你不知道我们是包工包料吗?倒掉一袋水泥倒掉的是我们自己的钱!小满的脸已经涨得通红,他看见顾金水远远地乜斜着自己,顾金水毫不掩饰他的告密者的身份。小满又羞又恼,他对顾复生说了句,我赔,你从工钱里扣!说完就往工棚跑去。小满一边跑一边想,这帮姓顾的都不是好东西,顾复生也不是什么好东西,他真是鬼迷心窍了,明明知道这帮人难处,为什么还要跟他们睡一个工棚?

小学校的工程临近扫尾阶段了,小满也去意已定,他想等到工程完毕拿到工钱后立刻就走,去投奔季麻子的包工队。虽说季麻子吝啬得出了名,但在他那儿大概不会遇上像顾金水这么讨厌的人;季麻子虽说吝啬得出了名,可他比顾复生好对付多了。

小满把他要走的事告诉了顾明。顾明是顾姓匠人中最老实厚道的一个,小满嘱咐顾明说,我告诉你你别告诉他们,特别不能让顾复生知道,我怕他结工钱时会使坏呢。顾明听完就笑了,他说,你以为复生不知道?你不告诉他,他也看出你要走了,他早知道你要走啦!小满心里咯噔一下,他相信顾明的话,那个顾复生不是什么庸常之辈,他大概就是比别人多长了一只眼睛,还多长了一堆心眼,顾明说得对,他要是看不出来还算什么顾复生呢?

竣工前夕工棚里乱纷纷的,顾庄来的匠人们围成一堆吵吵嚷嚷,他们玩扑克就要赌钱,一赌钱就吵翻了天。小满从来不跟他们赌钱,他怕他们串通好了整他,所以他们一打牌小满就出去洗衣服。那天小满就在外面的自来水管边洗衣服,小满没想到洗着洗着就出了那件事,小满没想到工程竣工了,他与顾庄人就要好来好散了,突然却出了那件事。

小满看见顾复生骑了辆自行车,急如流星地穿过学校操场。小满从来没见过顾复生这种慌慌张张的样子,他正在想有什么事能让顾复生急成这样呢,那辆自行车径直朝他这儿冲过来了。顾复生几乎是从车上摔下来的,人一站稳就猫着腰在自来水管附近转悠开了,看顾复生的样子他好像掉了什么东西。顾复生一边猫着腰转悠一边擦额头上的汗,小满注意到他是用脖子上的领带擦汗。

小满说,你掉什么东西了?

顾复生说,我掉了样东西。

小满说,你掉什么东西了?

顾复生说,我刚才在这儿洗手,肥皂抹得太多,把戒指给洗掉了。

小满愣了一下,他的眼前出现了那枚螺帽般的大金戒指,它现在不在顾复生的手指上。小满记得顾庄匠人们议论过那枚戒指,说那枚戒指值六千元钱。

顾复生说,应该掉在水管边的,我没到教育局就往回赶了,没隔多长时间,戒指应该在这儿的。

小满说,我没看见你的戒指,只有一只破袜子,小满拎起一只破袜子朝顾复生晃了晃,说,我就看见这只破袜子,不知是谁扔这儿的。

顾复生慢慢直起腰,他看了小满一眼,目光滑到地上,然后又看了小满一眼,顾复生好像想问小满什么话,却又始终不开那个口。

小满说,他们说你的戒指值六千元钱,掉了戒指就是掉了六千元钱呢。

顾复生说,不止六千元,现在黄金涨价了。顾复生的目光又钻到小满的盆里,在那堆湿衣服堆里转了个圈,顾复生说,黄金这东西很亮,掉哪儿一眼就能发现,找不到就是找不到了。

小满听出顾复生话里有话,他就很冲动地把湿衣服一件一件地抖开,说,你看见了吧,我这儿没有你的戒指,我没见过你的戒指。

顾复生笑了笑,说,除了你,刚才还有谁出来洗衣服了?

小满粗声粗气地说,我不知道,你去问他们!

小满听出顾复生话中有话就开始生气了,一团怒火在他胸中燃烧,他抓着一件湿衣服狠狠地往水管上摔打。顾复生看见了小满的怒火,但他不以为然;顾复生朝工棚走去,小满冲着他的背影说,别说是戒指,就是一块金砖我也不捡。顾复生听见了小满的话,但他装作没有耳朵,他一脚踢开了工棚的门,吵吵嚷嚷的工棚里一下就安静了。

小满一边骂着脏话一边听着工棚里的动静。那些顾庄人的声音像潮汐忽起忽落的,后来突然鸦雀无声了。小满抬起头看见顾金水的半边脸,顾金水的眼睛在背阴处看起来像一点磷火,他正从半掩的门后盯着小满,不知盯了多长时间了。小满打了个莫名的寒战,他忽然有了一种不祥的预感,于是小满丢下了洗了一半的衣服朝工棚跑去。

顾金水站在门边想挡着小满,小满把他推开了。小满闯进工棚恰好看见他们在翻找他的枕头,顾复生的手像一把扫帚在他床铺上扫着,他藏在枕下的瓦刀铿然落地,恰好落在小满的脚下。

你们在干什么?小满大吼了一声。

没干什么。顾复生镇定自若地站起来,说,我丢的是戒指,不是螺帽,丢了这么贵重的东西总得好好找一下。

你们在找什么?小满又大吼了一声。小满知道自己说话语无伦次,可他觉得自己的头脑好像突然烧坏了,他觉得一股火焰在身子里东奔西窜,把他的头脑烧坏了。小满捡起脚边的瓦刀,小满抓着瓦刀瞪着工棚里的每一个人,他再次大吼了一声,你们想要干什么?

你发什么火?你拿着瓦刀干什么?顾复生上来按下了小满手里的瓦刀,他朝小满肩膀上拍了拍,说,谁也没说你拿了戒指,何必气成这样?我也不是非要找到戒指,我找不到公安局会来找,公安局总能找到的,你说对不对?

小满张大了嘴呼呼地吐气,小满想必须吐掉胸中的火气,否则他就不能与他们讲理。小满就这样呼呼地吐气,过了一会儿他的头脑又回到了肩膀之上,他觉得自己冷静下来了。冷静下来小满就问了顾复生一个问题,他说,这么多人在这儿,你为什么怀疑我一个人?

这很简单,他们一直在这儿打牌,没有人去水管那儿。顾复生说,只有你在那儿洗衣服嘛,不是我要怀疑你,我不怀疑你怀疑谁呢?

你不该怀疑我一个人。小满说着话觉得自己的脑子越来越清醒,他现在已经回忆起顾复生当时洗手的细节了。他说,你是吃了烧鸡去洗手的吧?你们十来个人都吃了烧鸡,就没给我吃,除了我,你们都在水管那儿洗过手!

小满说着话看见顾复生的眼睛亮了一下,顾复生没说什么,顾金水却在旁边叫起来了。你在血口喷人了!顾金水瞪着小满说,你还想抵赖呢?我们洗个手就回来打牌了,就你在那儿泡着,不是你拿的是谁拿的?

谁拿了谁是乌龟!小满顺口赌了个咒,话一出口他才意识到那句话是一炮双响,他看见顾金水的瘦长脸闪过一道惨白的光。然后顾金水朝他扑了过来,来夺小满手里的瓦刀;别人应该去拉顾金水的,可他们扯住了小满;小满眼睁睁地看着顾金水抢过了那把瓦刀。小满的头脑异常清醒,他想顾庄人都帮着顾金水,好汉不吃眼前亏,小满拔腿就往门外跑。小满跑到外面拾起了地上的一块角铁,他想只要有个东西在手上就不怕了,角铁对瓦刀,谁也别想占便宜。

工棚里传来了顾金水凄厉的叫声:小满你这个贼手,你要不是贼手就别逃,孬种王八蛋才往外逃呢,贼手偷了戒指才往外逃呢!

小满站在外面听着顾金水的叫声,他想自己又揭了顾金水的疮疤,顾金水想骂就骂几句吧。他以为自己能忍住的,但顾金水在工棚里发疯了。顾金水说,小满你这个贼手,你要是没做贼就跟我来赌血咒,你要是有种就进来,我们来赌血咒!

小满不懂什么叫赌血咒,他只是受不了顾金水嘴里贼这个字眼。他实在受不了,人就一头撞回了工棚,他推开几个匠人走到顾金水面前,说,你别呱呱乱叫了,你说要赌什么咒?你赌什么我都奉陪,赌血就赌血,赌命我也奉陪。

赌什么你都是只贼手,你就是只贼手。顾金水揉了小满一把,说,贼手,你是只贼手。

你别呱呱乱叫啦。小满说,我从小到大没偷过别人一针一线,你们不信也得信,我剁一根手指行吧?我剁一根手指来证明我清白,一根不够,剁两根也行。

你快剁,你要是不剁你就是贼手。顾金水又揉了小满一下。说,瓦刀呢,快拿瓦刀来!

我剁了你怎么说?小满说,你也剁一根手指吧,你剁了我以后再也不骂你是乌龟。

你剁了我就剁!谁不剁谁是贼手。顾金水叫道,你剁吧,你快剁给我看呀!

工棚里又安寂一片,小满看见匠人们脸上普遍流露出一种企盼的神情。顾复生不知对谁在说,你们都看见了吧?是他们自己要剁手指,不关我什么事!小满冷笑了一声,搬过一只凳子,抓起了那把锋利的瓦刀,左手食指开始在凳子上移动。小满瞟了顾金水一眼,就是这个瞬间顾金水喉咙里咕噜响了一下,就是这种细微的怯懦的声音使小满豪情万丈。你们看吧,小满这么叫喊了一声高高挥起了瓦刀。小满看见一个木橛样的东西从凳子上溅起来,他觉得左手上掉了什么东西,却没有丝毫的疼痛。小满豪情万丈地站在工棚里,慢慢把左手举到每个人面前,说,你们现在看见了吧?但顾庄的匠人们都已经呆若木鸡,只有顾复生镇定自若,他对顾明说,快把我的自行车推来,送他去医院!但顾明只顾低着头,到处找着小满的那根食指。小满最后把瓦刀递给顾金水,但顾金水却把脑袋转了过去,说,我又没偷,我为什么要剁手指?顾金水一直把脑袋贴在墙上,说,我又不是疯子,我为什么要剁自己手指?小满就咯咯地笑起来,小满一边笑一边说,对付你们顾庄人也很容易,一根手指头就把你们吓成这样!

医生告诉小满,他的食指已经坏死,接不上去了。小满没听懂食指的意思,说,怎么十根手指都坏死了?我就剁了一根指,这九根不好好的吗?医生看出小满是个缺乏文化科学知识的人,就耐心地指出他失去的手指名叫食指。医生还说食指是最重要的手指,所以才把它叫成食指,失去了食指吃饭不方便,干活就更不方便了。

小满后来就有点懊悔,他想早知道那是食指就不剁那一根了。他怎么没想到挑拣一下?他应该挑最短最细的小拇指的。小满后来一直在季麻子的包工队里干活,有一天小满在公共浴室门口遇见了顾明。顾明向小满抱怨了半天,主要是抱怨顾复生,为了那枚戒指,顾复生扣了他们每人五百元工钱。小满说,你们活该,谁让你们都姓顾呢。小满庆幸自己离开了顾复生的包工队,不过想起丢失的一根食指,小满总觉得有点冤枉。顾金水的食指至今还长在他手上呢,他怎么白白地赚了我小满一根食指?小满想起这事就觉得非常冤枉。世界上最让小满瞧不起的人就是顾金水。小满后来不顾他的面子,在许多公共厕所的墙上写下了同样的标语:顾金水是只大乌龟。

河流的秘密

对于居住在河边的人们来说,河流是一个秘密。

河床每天感受着河水的重量,可它是被水覆盖的,河床一直蒙受着水的恩惠,它怎么能泄露河流的秘密?河里的鱼知道河水的质量,鱼的体质依赖于河流的水质,可是你知道鱼儿是多么忍辱负重的生灵,更何况鱼类生性沉默寡言,而且孤僻,它情愿吐出无用的水泡,却一直拒绝与河边的人们交谈。

河流的秘密始终是一个秘密。"亲爱的,我永远也不会对你讲／河水为什么这么缓慢地流淌。"这是西班牙诗人加西亚·洛尔迦的诗句。这是一个热爱河流的诗人卖关子的说法,其实谁又能知道河水流得如此缓慢,是出于疲惫还是出于焦虑,是顺从的姿态还是反抗的预兆,是因为河水昏昏欲睡还是因为河水运筹帷幄?

岸是河流的桎梏。岸对河流的霸权使它不屑于了解或洞悉河流的内心,岸对农田、运输码头、餐厅、房地产业、散步者表示了亲近和友好,对河流却铁面无情。很明显这是河与岸的核心关系。岸以为它是河流的管辖者和统治者,但河流并不这么想。居住在河边的人们都发现河流的内心是很复杂的,即使是清澈如镜的水,也有一个深不可测的大脑器官。河流的力量难以估计,它在夏季与秋季会适时地爆发一场革命,湮没傲慢的不可一世的河岸。这时候河与岸的关系发生了倒置,由于这种倒置关系,一切都乱套了。居住在河边的人们人心惶惶,他们使用一切可能使用的建筑材料来抵挡河水的登门造访。不怪他们慌张失态,他们习惯了做水的客人,从来没有欢迎河水来登堂做客的准备。河边的居民们在夏季带着仓皇之色谈论着水患,说洪水在一夜大雨之后夺门而入,哪些人家的家具已经浮在水中了,哪些街道上的汽车像船一样,在水中抛锚了。他们埋怨洪水破坏了他们的生活,他们没有意识到与水共眠或许该是他们正常生活的一部分。河水与人的关系被人确立,河水并没有发表意见,许多人便产生了种种误会。其实本着公平交易的原则,河流的行为是可以解释的,试想想,你如果经常去一个地方寻找欢乐,那么这地方的主人必将回访。回访是一种礼仪。水的性格和清贫决定了它所携带的礼物:水,仍然是水。

　　河流在洪水季节中获得了尊严,它每隔几年用漫溢流淌的姿势告诉人们:河流是不可轻侮的。然后洪水季节过去了。河边的居民们发现深秋的河流水位很高,雨水的大量注入使河水显示出新鲜和清澈的外貌,秋天的河流与岸边的树木做反向运动,树木在秋风中枯黄了,落叶了,而河流显得容光焕发、朝气蓬勃。如果你站在某座横跨河流的大桥上俯瞰秋天的流水,你会注意到水流的速度、水流的热情足以让你感到震撼:那是野马的奔腾;是走出囚室的思想者在旷野中的一次长篇演讲;那是河流对这个世界的一年一度的倾诉,它告诉河岸,水是自由的不可束缚的,你不可拦截不可筑坝,你必须让我奔腾而下。河流告诉岸上的人群:你们之中,没有人的信仰比水更坚定,没有人比水更幸运。河流的信仰是海洋,多么纯朴的信仰啊! 海洋是可靠的,它广阔而深邃的怀抱是安全的,海洋接纳河流,不索香火金钱,不打造十字架,不许诺天堂,它说,你来吧。于是河流就去了。河流奔向大海的时候一路高唱水的国歌,是三个字的国歌,听上去响亮而虔诚:去海洋,去海洋!

谁能有柔软至极雄壮至极的文笔为河流谱写四季歌?我不能。你恐怕也不能。我一直喜欢阅读所有关于河流的诗文篇章,所有热爱河流关注河流的心灵都是湿润的,有时候那样的心灵像一盏渔灯,它无法照亮岸边黑暗的天空,但是那团光与水为友,让人敬重。谁能有锋利如篙的文笔直指河流的内心深处? 我没有,恐怕你也没有,我说过河流的秘密不与人言说,赞美河流如何能消解河流与我们日益加剧的敌意和隔阂? 一个热爱河流的人常常说他羡慕一条鱼,鱼属于河流,因此它能够来到河水深处,探访河流的心灵。可是谁能想到如今的鱼与河流的亲情日益淡薄,新闻媒体纷纷报道说河流中鱼类在急剧减少,所有水与鱼的事件都归结为污染,可污染两个字怎么能说出河流深处发生的革命,谁知道是鱼类背叛了河流,还是河流把鱼类逐出了家门?

现在我突然想起了童年时代居所的后窗。后窗面向河流——请容许我用河流这么庄重的词汇来命名南方多见的一条瘦小的河,这样的河往往处于城市外围或者边缘。有一个被地方志规定的名字却不为人熟悉,人们对于它的描述因袭了粗犷的不拘小节的传统:河、河边、河对岸。这样的河流终日梦想着与长江、黄河的相见,却因为路途遥远交通不便而抱恨终生,因此它看上去不仅瘦小而且忧郁。这样的河流经年累月地被治理,负担着过多的衔接城乡水运、水利疏导这样的指令性任务。河岸上堆积了人们快速生产发展的房屋、工厂、码头、垃圾站,这一切使河流有一种牢骚满腹自暴自弃的表情,当然这绝不是一种美好的表情——让我难忘的就是这种奇特的河水的表情。

从记事起,我从后窗看见的就是一条压抑的河流,一条被玷污了的河流,一条患了思乡病的河流。一个孩子如何判断一条河是否快乐并不难,他听它的声音,看它的流水,但是我从未听见河水奔流的波涛声,河水大多时候是静默的。只有在装运货物的驳船停泊在岸边时,它才发出轻微的类似呓语的喃喃之声。即使是孩子,也能轻易地判断那不是快乐的声音,那不是一条河在欢迎一条船,恰好相反,在孩子的猜测中,河水在说,快点走开,快点走开! 在孩子的目光中,河水的流动比他对学习的态度更加懒惰更加消极,它怀有敌意,它在拒绝作为一条河的责任和道义。看一眼春天肮脏的河面你就知道了,河水对乱七八糟的漂浮物持有一种多么顽劣的坏孩子的态度:油污、蔬菜、塑料、死猫、避孕套,你们愿意在哪儿就在哪儿,我不管! 孩子发现每天清晨石埠前都有漂浮的垃圾,河水没有把旧的垃圾送到下游去,却把新的垃圾推向河边的居民。河水在说,是你们的东西,还给你们,我不管! 在我的记忆中河流的秘密曾经是不合道德的秘密。我记得在夏季河水相对洁净的季节里,我曾经和所有河边居民一样在河里洗澡、游泳,至今我还记得第一次在水底下睁开眼睛的情境,我看见了河水的内部,看见的是一片模糊的天空一样的大水,就像天空一样,与你仰望天空不同的是,水会冲击你的眼睛,让你的眼睛有一种刺痛的感觉。这是河流的立场之一,它偏爱鱼类的眼睛,却憎恨人的眼睛——人们喜欢说眼睛是心灵的窗户,河流憎恨的也许恰好是这扇窗户。

我很抱歉描述了这么一条河流来探索河流的心灵。事实上河流的心灵永远比你所能描述的丰富得多,深沉得多,就像我母亲所描述的同一条河流,也就是我们家后窗能看见的河流。那是一个多么神奇的故事:有一年冬天河水结了冰,我母亲急于赶到河对岸的工厂去,她赶时间,就冒失地把冰河当渡桥。我母亲说她在冰上走了没几步就后悔了,冰层很脆很薄,她听见脚下发出的危险的碎冰声,她畏缩了,可是退回去更危险,于是我母亲一边祈求着河水一边向河对岸走。你猜怎么着,她顺利地过了河!对于我来说这是天方夜谭的故事,我不相信这个故事。我问我母亲她当时是怎么祈求河水的,她笑着说,能怎么祈求?我求河水,让我过去,让我过去,河水就让我过去了!

如果你在冬天来到南方,见到过南方冬天的河流,你会相信我母亲的故事吗?你也会像我一样,对此心怀疑窦。但是关于河流的故事也许偏偏与人的自以为是在较量,这个故事完全有可能是真实的,请想一想,对于同一条河流,我母亲作了多么神奇多么瑰丽的描述!

河水的心灵漂浮在水中,无论你编织出什么样的网,也无法打捞河水的心灵,这是关于河水最大的秘密。多少年来我一直难以忘记我老家一带流传的关于水鬼的故事,我一直相信那些湿漉漉的浑身发亮的水鬼掌握了河水的秘密,原因简单极了,那些溺死的不幸者最终与河水交换了灵魂。他们看见了河水的心灵,这就是水鬼们可以自由出入于水中不会再次被溺的原因,他们拿到了一把钥匙,这把钥匙能够打开河流的秘密之门。

可是在传说之外我们从来没有与水鬼们邂逅过,不管是在深夜的河岸边,还是在沿河航行的船上。水鬼如果是人类的使者,那他们一定背叛了人类,忠实于水了,他们不再上岸是为了保持河流的秘密。水鬼已经被水同化,如今他们一定潜伏在河流深处,高昂着绿色的不屈的头颅,为他们的祖国发出了最后的呐喊:岸上的人们啊,你们去征服月球,去征服太空吧,但是请记住,水是不可征服的!

露天电影

直到现在我的记忆中还经常出现打谷场上的那块银幕。一块白色的四周镶着紫红色边的银幕,用两根竹竿草草地固定着,灯光已经提前打在上面,使乡村寂寞漆黑的夜生活中出现了一个明亮欢快的窗口。如果你当时还匆匆行进在通往打谷场的田间小路上,如果你从城里赶过来,如果新闻简报已经开始,赶夜路的人的脚步会变得焦灼而恐慌。打谷场上发亮的银幕对于他们好像是天堂的一扇窗,它打开了,一个原先是空虚的无所事事的夜晚便被彻底地充实了。

农用拖拉机、打谷机和一堆堆草垛被人湮没了。附近乡村的农民大多坐在前排,他们从家里搬来了长凳和小板凳,这样的夜晚他们很难得地成为了特权阶层。更多的是一些像我们这样来历不明的孩子和青年人,他们在人群里站着,或者在一片骂声中挤到前排,在一个本来就拥挤的空间里席地而坐,对来自身边的推搡和埋怨置之不理。银幕的反面也有人坐着,那些人显得孤傲一些,为了不与他人拥挤和争吵,情愿欣赏一部"左撇子"电影。电影开始了,打谷场上的嘈杂声渐渐地消失,人们熟悉的李向阳挎着盒子枪来了,梳直发的让年轻姑娘群起效仿的女游击队党代表柯湘来了,油头粉面的叛徒王连举来了,阴险狡诈的日本鬼子松井大队长也来了;孩子们在他们出场之前就报道了他们的消息,大人让他们的孩子闭嘴,实际上这是一次人群与电影人物老友重逢的欢聚。打谷场上的人们凭借经验等待着那些朋友的到访,不管是英雄还是坏人,他们一视同仁,热情地报出你的名字。如果正是冬季,西北风会搞些恶作剧,那些出现在电影里的人,男的,女的,他们的嘴脸都随风歪斜着,不仅是坏人,好人或者英雄也被讨厌的大风吹歪了嘴脸。我记得在一个大风之夜,美丽的女英雄柯湘始终歪着嘴巴高唱着《乱云飞》。

打谷场上的欢乐随着银幕上出现一个"完"字而收场,然后是一片混乱。有的妇女这时候突然发现自己的孩子不见了,于是尖声叫喊着孩子的名字;也有血气方刚的小伙子突然扭打在一起,引得众人纷纷躲避,一问原因,说是在刚才看电影时结了怨,谁的脑袋挡着谁的眼睛,谁也不肯让一让,这会儿是秋后算账了。我那会儿年龄还小,跟着邻居家的大孩子来到一个个陌生的打谷场,等到电影散场时却总是找不到他们的人影了,因此关于露天电影的记忆也少不了那些令人恐惧的夜路。

我记得那些独自回家的夜晚,随着人流向田间小路走,渐渐地同行的人都折向了其他的村庄,只有我一个人走在漆黑的环城公路上。乡间的空气与工厂区完全是两种气息,干草的清香和农家肥的气味混杂在一起,扑进你的鼻孔。露天电影已经离你远去,这时候你才意识到回家的路是那么漫长,不安分的孩子开始为一部看过多次的电影付出代价了。

代价是五里甚至十里夜路。没有灯光,只有萤火虫在田野深处盲目地飞行着,留下一些无用的光线。有几次我独自经过了郊外最大的坟地,亲眼看到了人们所说的鬼火(现在才知道是骨殖中磷的元素在搞鬼),而坟地特有的杂树乱草加深了我的恐惧。我摆脱恐惧的方法就是不向恐惧的事物张望;我向公路的另一边侧着脸,侧着脸狂奔,听见风呼呼地划过我的脸颊;所见坟地向身后渐渐地退去。当城郊接合部稠密的房屋像山岭一样出现在我的视线里时,我觉得那些有灯光的窗口就像打谷场上的银幕,成为我新的依靠。我急切地奔向我家的窗口,就像两个小时以前奔向打谷场的那块银幕一样。

过去随谈

说到过去,回忆中首先浮现的还是苏州城北的那条百年老街。一条长长的灰石路面,炎夏七月似乎是淡淡的铁锈红色,冰天雪地的腊月里却呈现出一种青灰的色调。从街的南端走到北端大约要花费十分钟,街的南端有一座桥,以前是南方城池所特有的吊桥,后来就改建成水泥桥了。北端也是一座桥,连接了苏沪公路,街的中间则是我们所说的铁路桥。铁路桥凌空跨过狭窄的城北小街,每天有南来北往的火车呼啸而过。

我们街上的房屋、店铺、学校和工厂就挤在这三座桥之间,街上的人也在这三座桥之间走来走去,把时光年复一年地走掉了。

现在我看见一个男孩背着书包滚着铁箍在街上走过,当他穿过铁路桥的桥洞时恰恰有火车从头顶上轰隆隆地驶过,从铁轨的缝隙中落下火车头喷溅的水汽,而且有一只苹果核被人从车窗里扔到了他的脚下。那个男孩也许是我,也许是大我两岁的哥哥,也许是我的某个邻居家的男孩。但是不管怎么说,那是我童年生活的一个场景。

我从来不敢夸耀童年的幸福，事实上我的童年有点孤独，有点心事重重。我父母除了拥有四个孩子之外基本上一无所有。父亲在市里的一个机关上班，每天骑着一辆破旧的自行车来去匆匆；母亲在附近的水泥厂当工人，她年轻时曾经美丽的脸到了中年以后经常是浮肿着的，因为疲累过度，也因为身患多种疾病。多少年来父母亲靠八十多元钱的收入支撑一个六口之家，可以想象那样的生活多么艰辛。

我母亲现在已长眠于九泉之下，现在想起她拎着一只篮子去工厂上班的情景仍然历历在目。篮子里有饭盒和布纳鞋底，饭盒里有时装着家里吃剩的饭和蔬菜，有时却只有饭没有别的，而那些鞋底是预备给我们兄弟姐妹做棉鞋的。她心灵手巧却没有时间，必须利用工余休息时纳好所有的鞋底。

在漫长的童年时光里，我不记得童话、糖果、游戏和来自大人的过分的溺爱，我记得的是清苦，记得一盏十五瓦的暗淡的灯泡照耀着我们的家，潮湿的未浇水泥的砖地，简陋的散发着霉味的家具，四个孩子围坐在方桌前吃一锅白菜肉丝汤，两个姐姐把肉丝让给两个弟弟吃，但因为肉丝本来就很少，挑几筷子就没有了。

母亲有一次去酱油铺买盐掉了五元钱，整整一天她都在寻找那五元钱的下落。当她彻底绝望时我听见了她那伤心的哭声，我对母亲说：别哭了，等我长大了挣一百块钱给你。说这话的时候我大概只有七八岁，我显得早熟而机敏，它抚慰了母亲，但对于我们的生活却是无济于事的。

那时候最喜欢的事情是过年。过年可以放鞭炮、拿压岁钱、穿新衣服,可以吃花生、核桃、鱼、肉、鸡和许多平日吃不到的食物。我的父母和街上所有的居民一样,喜欢在春节前后让他们的孩子幸福和快乐几天。

当街上的鞭炮屑、糖纸和瓜子壳被最后打扫一空时,我们一年一度的快乐也随之飘散。上学、放学、作业、打玻璃弹子、拍烟壳——因为早熟或者不合群的性格,我很少参与街头孩子的这种游戏。我经常遭遇的是这种晦暗的难捱的黄昏,父母在家里高一声低一声地吵架,姐姐躲在门后啜泣,而我站在屋檐下望着长长的街道和匆匆而过的行人,心怀受伤后的怨恨:为什么左邻右舍都不吵架,为什么偏偏是我家常常吵个不休?

我从小生长的这条街道后来常常出现在我的小说作品中,当然已被虚构成"香椿树街"了。街上的人和事物常常被收录在我的笔下,只是因为童年的记忆非常遥远却又非常清晰,从头拾起令我有一种别梦依稀的感觉。

我初入学堂是在一九六九年秋季,仍然是动荡年代。街上的墙壁到处都是标语和口号,现在读给孩子们听都是荒诞而令人费解的了,但当时每个孩子都对此耳熟能详。我记得我生平第一次写下的完整句子都是从街上看来的,有一句特别抑扬顿挫:革命委员会好! 那时候的孩子没有学龄前教育,也没有现在的广告和电视文化的熏陶,但满街的标语口号教会了他们写字认字,再愚笨的孩子也会写"万岁"和"打倒"这两个词组。

小学校是从前的耶稣堂改建的,原先牧师布道的大厅做了学校的礼堂,孩子们常常搬着凳椅排着队在这里开会,名目繁多的批判会或者开学典礼,与昔日此地的宗教仪式已经是南辕北辙了。这间饰有圆窗和彩色玻璃的礼堂以及后面的做了低年级教室的欧式小楼,是整条街上最漂亮的建筑了。

我的启蒙老师姓陈,是一个温和的白发染鬓的女老师,她的微笑和优雅的仪态适宜于做任何孩子的启蒙老师,可惜她年龄偏老,而且患了青光眼,到我上三年级时她就带着女儿回湖南老家了。后来我的学生生涯里有了许多老师,最崇敬的仍然是这位姓陈的女老师,或许因为启蒙对于孩子弥足珍贵,或许只是因为她有那个混乱年代罕见的温和善良的微笑。

读小学二年级的时候,因为一场重病使我休学在家,每天在病榻上喝一碗又一碗的中药,那是折磨人的寂寞时光。当一群小同学在老师的安排下登门慰问病号时,我躲在门后不肯出来,因为疾病和特殊化使我羞于面对他们。我不能去学校上学,我有一种莫名的自卑和失落感,于是我经常梦见我的学校、教室、操场和同学们。

说起我的那些同学们(包括小学和中学的同学),我们都是一条街上长大的孩子,彼此知道每人的家庭和故事,每人的光荣和耻辱。多少年后我们天各一方,偶尔在故乡街头邂逅,闲聊之中童年往事便轻盈地掠过记忆。我喜欢把他们的故事搬进小说,是一组南方少年的故事。我不知道他们是否会从中发现自己的影子,也许不会发现,因为我知道他们都已娶妻生子,终日为生活忙碌,他们是没有时间和兴趣去读这些故事的。

去年夏天回苏州家里小住,有一天在石桥上碰到中学时代的一个女老师,她看见我第一句话就是:你知道宋老师去世的消息吗?我很吃惊,宋老师是我高中的数学老师和班主任,我记得他的年纪不会超过四十五岁,是一个非常严谨而敬业的老师。女老师对我说:你知道吗他得了肝癌,都说他是累死的。我不记得我当时说了些什么,只记得那位女老师最后的一番话。她说:这么好的一位老师,你们都把他忘了,他在医院里天天盼着学生去看他,但没有一个学生去看他,他临死前说他很伤心。

在故乡的一座石桥上我受到了近年来最沉重的感情谴责,扪心自问,我确实快把宋老师忘了。这种遗忘似乎符合现代城市人的普遍心态,没有多少人会去想念从前的老师同窗和旧友故交了。人们有意无意之间割断与过去的联系,致力于想象设计自己的未来。对于我来说,过去的人和物事只是我的小说的一部分了。我为此感到怅然,而且我开始怀疑过去是否可以轻易地割断,譬如那个夏日午后,那个女老师在石桥上问我,你知道宋老师去世的消息吗?

说到过去,我总想起在苏州城北度过的童年时光。我还想起十二年前的一天,当我远离苏州去北京求学的途中那份轻松而空旷的心情。我看见车窗外的陌生村庄上空飘荡着一只纸风筝,看见田野和树林里无序而飞的鸟群,风筝或飞鸟,那是人们的过去以及未来的影子。

八百米故乡

在我的字典里,故乡常常是被缩小的,有时候仅仅缩小成一条狭窄的街道;有时候故乡是被压扁的,它是一片一片记忆的碎片,闪烁着寒冷或者温暖的光芒。所谓我的字典,是一本写作者的字典,我需要的一切词汇,都经过了打包处理,便于携带,包括故乡这个沉重而庞大的字眼。

每个人都有故乡,而我最强烈的感受是,我的故乡一直在藏匿,在躲闪,甚至在融化。更重要的是,它是一系列的问号:什么是故乡?故乡在哪里?问号始终打开着,这么多年了,我还在想象故乡,发现故乡。

一九八二年夏天,在一条名叫齐门外大街的街道上居住了二十多年之后,在把四个子女都养大成人之后,我父母乔迁新居,从苏州城最北端的那条老街上继续往北五百米,过一座桥,再穿越一条很短很狭窄的街道,左手是我母亲工作的水泥厂,右手的工厂宿舍楼,就是他们的新家。这次乔迁的直线距离,没有超过八百米,当时我在北京上大学,在千里之外,对新家充满了热情的想象,因为那是新工房,在三层楼上,新居的高度和抽水马桶、阳台之类的东西已经让我足够兴奋。我清楚地记得暑假回家的第一个下午,我在新居的阳台上眺望着远近的风景,怀着一种新生的心情。远的风景,正面方向是水泥厂工厂区白色的大烟囱和水泥窑;侧面远眺,能看见一家炭黑厂黑色的烟囱和黑色的厂房;在水泥窑的后面,有京沪铁路通过,可惜水泥窑能看见铁路和火车,我看不见。我从小生活的旧屋,其实就在东南方向八百米处,我视线能及的地方,但是其他的房屋挡住了那旧屋,我什么也看不见。那是很多年来我们家的第一次搬迁,是在对环境污染一无所知的年代里,我们从一家化工厂的对面搬到一家水泥厂和一家炭黑厂之间,从苯酐生产污染的空气里扑向水泥粉尘和炭黑粉尘的怀抱。空气质量对我们每一个家庭成员并没有太多的妨碍,唯一的问题是日常生活的直径改变了,正负八百米:我父亲去市中心上班,自行车要多走八百米;我母亲上班少走八百米,可是去看望我外祖母和舅舅舅母们要多走八百米;对我来说,八百米是一次直径的扩展,美中不足的是这次扩展规模太小,我的生活从一条街到另外一条街,仅仅延伸八百米,不能遗忘什么,也不能获得什么。那年夏天,我第一次意识到了故乡这个字眼,可是我所想象的故乡似乎并不存在于这八百米的世界里。

八百米成为一个象征,就像一个人发现故乡的路,很短,也很长。

八百米的世界,对我们一家,曾经是一种宿命。唯一不同的是一九八二年夏天的搬迁,让我母亲的这个家族分开了,分开八百米,不算很远,但也不很近。这使我母亲在腌咸菜的季节里格外头痛,腌菜的大缸没法搬到新居里去,而且,我母亲特别信任我二舅的脚,认为只有他踩出来的腌菜才好吃,现在,缸没有了,踩缸的"脚"也不在身边,只好放弃腌菜了。搬家也给我造成了一点麻烦,明显大于腌菜的麻烦:我要听从母亲的吩咐,走亲戚;暑假或者春节,每年最起码两次,要走八百米的路,回到旧屋里,见过我的外祖母,见过我的大舅大舅母和二舅二舅母;我从127号一个大家庭的一员,变成了一个亲戚,一个客人。这种新的身份让我感到新奇,又很不自在。而我家的房子,由于是公房,已经被调配给了一个陌生的家庭,我好奇地打量过从前的家,非常怅然地发现,那确实不是我的家了,那户人家粉刷了墙壁,改变了房子的格局,也改变了我母亲家庭聚居的格局,不是陌生人融入了这个家族,就是这个家族融入了陌生人的生活。

而我们这个家庭,最初就是这个街区的陌生人。我父母是从镇江地区扬中岛上来到苏州的移民。在上世纪八十年代以前,我所有的身份资料上的籍贯一栏,填写的是扬中县,籍贯填写成苏州,是八十年代以后的要求,这个要求忽略了父辈的来历,强调了出生地的重要。自此,我的身份才与苏州发生如此紧密的联系。

我们这个家庭有点特别,几家人聚拢在一起,在一个新的居留地过着家族式的生活,似乎就是为下一代更改故乡的名字。但故乡的名字是不容易改变的,我们家周围的邻居,大多是苏州的老居民,他们早已接纳了我们这个家族。但是,对于我们127号和125号的日常生活,毕竟是有点好奇的,而语言问题首当其冲。语言在我们这个家族里无法统一,我外祖母不会说苏州话,我大舅母不会说扬中话,我的父母和舅舅们则交替使用家乡方言和苏州话,他们互相之间用家乡话交流,对孩子们对外人都说流利的苏州话。

长辈们的家乡方言,在很长一段时间里让我们这些孩子感到恐惧,就像一个隐私,唯恐给外人听到,可惜的是,这隐私无法藏匿,因为长辈们从不以他们的家乡为耻。扬中岛的方言,听起来接近苏北话,而苏州这个城市的市民文化与上海相仿,地域歧视从来都是存在的,苏北话历来被众人所不齿。尤其是我的姐姐和表姐们,一旦与别的女孩子发生口水仗,必然会因为长辈们的口音受牵连。无论他们怎么强调扬中岛位于扬子江江心,属于镇江地区,镇江地区是在江南,与苏北无关,怎么强调都是无济于事。通常他们得到的回答是,镇江话也是苏北话,不管你们的老家在江南还是江北,反正你们不是苏州人,是苏北人!

我们家的下一代,都为上一代的家乡辩解过,为地理位置辩解,为语音所属方言辩解,出于虚荣心,或者就是出于恼怒,当你为父母的口音感到恼怒时,你如何体会故乡这个字眼带来的荣耀?相反,下一代体验的是一种隔绝故乡和遗忘故乡的艰难。说到底,孩子们是没有故乡的,更何况,是我们这些农村移民的孩子。

失散,团聚,再失散,是我母亲的家族在扬中苏州两地迁徙生息的结局,没有土地的家族将永远难逃失散的命运。我母亲的家族在几十年的艰难时世里一直聚合在一起,是一个亲密的家族圈的生活,但最终,在一个快速发展变化的时代里,一切烟消云散,这个家族的第一代第二代,还有第三代,最后是失散了。五年前,随着苏州齐门外大街的拆迁重建,我的大舅和三舅妈都被安置在了别的居民小区。同样地,由于亲戚关系的不可避免的疏远,我甚至从来没有去过他们的新家。我在苏州城里有好多表姐表哥,但我不知道他们住在哪个地方,他们的孩子纷纷到南京来求学,我设法找到他们,把这些年轻的大学生叫到家里来,吃一顿丰盛的晚餐。晚餐过后,接到那些表姐的电话,是致谢的电话,之后,又恢复漫长的疏远,联系中断了。我童年时代热闹的家族圈生活完全萎缩了,家族对于我来说,仅仅是由直系亲属组成,每次回到苏州,我的足迹仅限于我父亲的家我兄弟姐妹的家,甚至他们都不在一个屋檐下生活,每一家之间的距离都很遥远,远远超过八百米,对我来说,超过八百米,故乡便开始模糊,开始隐匿,至此,我的八百米的故乡已经漂浮不见了。

所以我说,这么多年了,我还在想象故乡,发现故乡。

我去了我父母的故乡扬中,满眼生疏,父辈在此留下的痕迹已经无从追寻;我现在回到苏州,回到苏州城北,我以前曾经有过的八百米故乡,什么都不见了,只留下两座清代同治年间的石拱桥,一南一北,供人们凭吊;我发现在拆除了古旧的房屋之后,城北地区变得很空旷,同时也很小,那两座桥之间,现在看起来,八百米也不到!

所以,我怀疑我的八百米故乡也仅仅是错觉。我内心需要一个多大的故乡?我需要的故乡究竟在哪里?我知道吗?也许我并不知道。所以我说,直到现在,我还一直在想象故乡,发现故乡。

苍老的爱情

我相信爱情。历代以来与爱情有关的浓词艳篇读了不少,读到的大多是爱情的缠绵、爱情的疯狂、爱情的诞生和爱情的灭亡。我今天的话题与此无关,是关于爱情的平淡、老迈,说的是一种白发爱情,它不具备什么美感,也没有悬念和冲突,被唯恐天下不乱的文人墨客有意无意地疏漏了,但我肯定这么一种爱情随处可见,而且接近于人们说的永恒。我建议你在左邻右舍之间寻找,而且我建议你排除那些年轻的如胶似漆的爱侣,请将目光集中在那些老朽的夫妇之间,说不定就找到了那一对。

读者朋友能听出来我这里有一对经典。确有经典在此,是我的邻居,现在已经去世多年了。

从我记事起他们就不再年轻了,他们的两个女儿都已出嫁。我记得那个妻子身材高大,看得出来年轻时候是个美人,而丈夫个子比妻子要略矮一些,但眉目也很端正。许多晴朗的日子里他们出现在街上,妻子端着一盆衣服去井边洗衣,丈夫就提着一只水桶跟在后面;妻子用手拍打阳光下的棉被,丈夫就从家里出来,递上一只藤编的拍子。有一次我亲眼看到他们的女儿带着自己的丈夫孩子回娘家，小孩在外面敲门，大声喊叫：外公外婆快开门！门内就响起一阵杂沓的脚步声，门开了，我看见那对老夫妻的脸，两张笑脸，一张在门的左侧，一张在门的右侧，我惊讶地发现那对老夫妻笑起来嘴角都往右边歪。

但如出一辙的笑容不足以说明老人的爱情。一切都发生在老妇人去世那天。

人总难逃死亡之劫，但老妇人死得突然。是心肌梗死。街上的邻居在为老妇人之死悲叹的同时也为那个做丈夫的担心，说：她这一走让老头子怎么办？老头子能怎么办？他只是默默地守着妻子的遗体，去吊唁的人都看见了他的表情，没有想象中那么悲痛，他只是坐在那里，平静地守着他的妻子，他最后的妻子。到了次日凌晨吊唁的人们终于散尽时，邻居们听见两个女儿再次恸哭起来，他们以为是亡母之痛的又一次爆发。到了清晨，人们看见老夫妻的女儿在家里搭起了另外一张灵床，因为他们的父亲也去了！

这不是我编造的小说，是真事，我所认识的一个老人紧随亡妻一起奔赴天国。女儿说父亲死的时候一直是坐着，看着母亲，后来他闭上了眼睛。他们以为他是睡着了。谁能想到一个人的死会是如此轻松如此自由？

所有的人都为这个做丈夫的感到震惊。是无疾而终吗？不对，依我看老人是被爱情夺去了他剩余的生命，有时候爱情是一种致命的疾病。我从此迷信爱情的年轮，假如有永恒的爱情，它一定是非常苍老的。

南方是什么

好多年前的一个下午,我在一座火柴盒似的工房的三层楼上眺望着视线中一条狭窄的破旧的小街。这是我最熟悉的穷街陋巷之一,也是多少年来被市政建设所遗忘的一条小街——一条没有建设必要的小街,它的一头通往一座清代同治年间修建的石拱桥,另一头通往近郊的某某大队的农田和晒谷场(六七十年代),或者通往新的环城公路和一片新兴的混杂着国有企业村办企业的工厂区(八十年代)。我在午后的阳光中眺望那条小街时,忽然记起我小时候是怎么走过那里去我母亲所在的工厂食堂吃午饭的,我记得桥下的公共厕所,小街从这头到那头的大多数人家的家庭主妇和与我同龄的孩子,我记得他们在路人的视线里甸在餐桌前吃午饭的情景。令我感叹的是好多年过去了,公共厕所还在那里,石子路铺上了水泥,但路面还是那么狭窄而湿漉漉的,人们还是享受着狭窄带来的方便,非常轻易地就可以把晾衣服的竹竿架在对邻的房顶上,走路和骑自行车的人仍然在被单、毛线、西装、裤子甚至内衣下面穿行,这是我最熟悉的小街的街景,紊乱不洁的视觉印象中透出鲜活的生命的气息。一些老人一定已经死了,大多数人还活着,大多数人在小街上养育着儿女甚至儿女的儿女。小街的日常生活一切依旧,就像一只老式的挂钟,它就那么消化一个轰轰烈烈的时代,消化着日历上的时间和新闻报道中的事件。它的钟摆走动得很慢,却镇定自若,这钟摆老气横秋地纠正着我脑子里的某种追求速度和变化的偏见:慢,并不代表着走时不准,不变,并不代表着死亡。

那天下午我突然听到了一条南方小街的生存告白,这告白因为简洁而生动,因为世俗而深刻,我被它的莫名其妙的力量所打动:

> 我从来没有如此深情地描摹我出生的香椿树街,歌颂一条苍白的缺乏人情味的石子路面,歌颂两排无始无终的破旧丑陋的旧式民房,歌颂街上苍蝇飞来飞去带有霉菌味的空气,歌颂出没在黑洞洞的窗口里的那些体形瘦小面容猥琐的街坊邻居。我生长在南方,这就像一颗被飞雁衔着的草籽一样,不由自己把握,但我厌恶南方的生活由来已久,这是香椿树街留给我的永恒的印记。

这是我在那年夏天写的一部中篇小说《南方的堕落》中的开头部分。现在我应该解释它,可我发现我让自己陷入了困境,我在自己的写作中发现了一种敌意,这种敌意针对着一个虚构的或现实中的处所:南方。南方是什么?南方代表着什么?而我所流露的对南方的敌意又意味着什么呢?

也许首先来自对回忆本身的敌意。人们在回忆之前通常会给自己的回忆规定一种情感立场,粉饰性的美好的戚伤的,或者冷静的客观的力求再现历史的,而我恰好选择了一种冷酷得几乎像复仇者一样的回忆姿态。这是一种偏执的难以解释的敌意。我的所谓南方生活仅仅来自我个人生活与某个地点的关系的机械划定,我的南方是一条横亘在记忆中的六十年代七十年代的街道,而我当时是个孩子。一个孩子对周围世界的认识是模糊的,同时也是不确定的,如果说人们对事物的敌意来自此事物对你潜在的或者明显的伤害,我现在却不能准确地描写这种伤害的细节,因此我怀疑这份敌意可能是没有理由的。

所有借助于回忆的描述并不可靠,因此不值得信任,就像我在某篇文章中提及我的一个小学老师,我一直认为我对她的记忆非常深刻,我以为我在还原一个过去的人物,可是甚至她的籍贯和家庭背景后来都被我的其他小学老师证明是错误的,唯一准确的是我对她外形面貌的描述。一个事实有时让你恐慌,可靠的东西存在于现实之中,却不存在于回忆之中,如此我不得不怀疑我的敌意了,这敌意其实也不可靠。我也不得不怀疑我的南方,它到底在哪里,我有过一个南方的故乡吗?

大家所崇敬的阿根廷作家博尔赫斯恰好有一个美妙无比的短篇小说,名字就叫《南方》。"谁都知道里瓦达维亚的那一侧就是南方的开始。"在这篇小说里,南方是从一个地名开始延伸其意义的,而病病歪歪的主人公达尔曼与他手中的《一千零一夜》以及"南方"形成一个孔武有力的三角关系,支撑着作家所欲表达的所有思想空间。达尔曼来到南方,《一千零一夜》始终无法掩盖残暴的冰冷的现实,在杂货铺里,有人向病中的达尔曼扔面包心搓成的小球,于是一个世界上最不适合决斗的人不得不接受一把冰冷的匕首。

南方的意义在这里也许是一种处境的符号化的表达。

我的南方在哪里呢？我对南方知道多少呢？

在我从小生长的那条街道的北端有一家茶馆,茶馆一面枕河,一面傍桥,一面朝向大街,是一座老旧的二层木楼,很长一段时间里,我像一个善于取景的电影导演一样把它设置为所谓南方的标志物。我努力回忆那里的人们,烧老虎灶的起初是一个老妇人,后来老妇人年岁大了,干不动了,来了一个新的经营者,也是女的,年轻了好多,两代女人手持铁锹往灶膛里添加砻糠时的表情惊人地相似,她们皱着眉头,嘴里永远嘀咕着发着什么牢骚,似乎埋怨着生活,似乎享受着生活,她们劳动的表情是我后来描写的南方女性的表情的依据。更重要的参照物是一些坐着说话的人,坐在油腻的八仙桌前用廉价的宜兴陶具喝茶的那些人,曾经被我规定为最典型的南方的居民,他们悠闲、琐碎、饶舌、扎堆,他们对政治和国家大事很感兴趣,可是谈论起来言不及义鼠目寸光,他们不经意地谈论饮食和菜肴,却显示出独特的个人品位和渊博的知识,他们坐在那里,在离家一公里以内的地方冒险、放纵自己,他们嗡嗡地喧闹着,以一种奇特的音色绵软的语言与时间抗争,没有目的,没有对手,自我游戏带来自我满足,这种无所企望的茶馆腔调后来也被我挪用为小说行进中的叙述节奏。

可是比虚构更具戏剧性的是事物本身,就是前面所说的这家茶馆,就好像是一些不负责任的小说和电影处理一个重要场景一样,茶馆最后付之一炬。一九九〇年春天,也就是在我写《南方的堕落》前的几个月前,那家茶馆非常突然而无法补救地失火倒塌了。我回到家乡的时候看见的是一片废墟。我在茶馆的废墟上停留的时候感觉到某种失落,可是我的失落不是针对一座茶馆的消亡,而是源自一个写作蓝本的突然死亡,我的哀悼与其说是一人对一物的哀悼,不如说是一个写作者对一个象征一个意象的哀悼。

如果说那座茶馆是南方,这个南方无疑是一个易燃品,它如此脆弱,它的消失比我的生命还要消失得匆忙,让人无法信赖。我怀疑我的南方到底是什么?南方到底在什么地方?

我对我经常描述的一条南方小街的了解到底有多深呢?我对它的固执的回忆是否能够随着时间的流逝触及南方的真实部分呢?

我的头脑中现在一一闪现的仍然是前面那条小街的景物。很抱歉我要说小街上的另一个公共厕所。这个厕所的历史非常短促,我记得小时候它不存在,它所在的位置原先应该是一块空地,空地后面的人家长年地在那里种一些小葱和鸡冠花之类的东西。有一年厕所出现了。一个简陋的南方常见的街头公共厕所,但是修建得十分匆忙,里面的水泥地面甚至都没有抹平便投入使用了,这个厕所对附近的居民充满了善意,只是无人管理,因此很脏也很臭。这是一个特殊的有着某种危险的厕所,因为它面对着附近的一个居民小区,从小区的高楼上可以清晰地看见如厕人的面貌甚至如厕的姿势,所以对于使用厕所的人和小区高楼阳台上的居民来说,厕所造成了双重的尴尬。而我作为一个写作者,当我在住所的阳台上眺望小街风景时,我怎么也无法忽略厕所的存在,我的目光注定是不平静的,一种暧昧不洁的观察导致了一种更加难以表述的厌恶感和敌意。这厌恶感和敌意不仅仅是生理上的,也因为那间厕所造成了我忠实记录小街风情的一大障碍。所幸的是这厕所也一样不能逃脱它灭亡的命运,不同于茶馆的焚毁,这间不必要存在的厕所后来被人填平了,填平以后又在原址上盖了一间房子。后来我发现有一对年轻的夫妇住在那房子里,有时候我从那里经过的时候,从窗户里看见那对夫妇坐在里面看电视。我感到很高兴,这几乎是小街多少年来最大的一次改变了,这改变的意义对于我来说是特殊的,我走过那里的时候回想这块空地多少年来的变化,突然发现了类似博尔赫斯的《南方》中的三角支撑:小葱鸡冠花、公共厕所、年轻夫妇的家,这是一个关于小街回忆的三角支撑,由此我依稀发现了我所需要的南方的故事。

可是这是南方吗？我同样地表示怀疑。我所寻求的南方也许是一个空洞而幽暗的所在,也许它只是一个文学的主题。多少年来南方屹立在南方,南方的居民安居在南方,唯有南方的主题在时间之中漂浮不定,书写南方的努力有时酷似求证虚无,因此一个神秘的传奇的南方更多地是存在于文字之中。它也许不在南方。

我现在仍然无数次地走过那条小街,好多年过去以后我对这条小街充满了敬畏之情,这是一只飞雁对树林的敬畏,飞雁不是树林的主人,就像大家所说的南方,谁是南方的主人?当我穿越过这条小街的时候我觉得疲惫,我留恋回忆,我忍不住地以回忆触摸南方,但我看见的是一个破旧而牢固的世界,这很像《追忆逝水年华》中盖尔芒特最后一次在贡布雷地区的漫步,"在明亮的灯光下世界是多么广阔,可是在回忆的眼光中世界又是多么的狭小!"而一个作者迷失在南方的经验又多么像普鲁斯特迷失在永恒与时间的主题中。

瓦尔特·本雅明说得好:"我们没有一个人有时间去经历命中注定要经历的真正的生活戏剧。正是这一缘故使我们衰老。我们脸上的皱纹就是激情、恶习和召唤我们的洞察力留下的痕迹。但是我们,这些主人,却无家可归。"

是的,我和我的写作皆以南方为家,但我常常觉得我无家可归。

沉默的人

许多年以前在一个朋友间的聚会上,我听见一位女孩这样评价我的一个寡言少语的朋友:他懂得沉默。女孩说这句话的时候眼睛里熠熠发亮,你可以从那种眼神中轻易地发现她对沉默的欣赏和褒奖,对于一个青年男子来说,那是一个多大的暗示。男人们总是格外重视来自异性的种种暗示,并以此来鉴别自己的行为。我亦如此,我一直自认为是一个沉默寡言的人,从那次聚会开始,我似乎不再为自己的性格自卑,在以后的生活中,我自由地顺从了自己的意愿,能不说话则不说话,能少说话则少说话。在沉默中我一次次地观察别人,发现了许多饶舌的人,词不达意的人,热情过度的人,发现了许多语言泛滥热衷于舌头运动的人。这些发现使我庆幸,我庆幸自己是个沉默的人。我情愿不说话,绝不乱说话;情愿少说话,也不愿说错话。

言多必失,这是中国的古训,也是我童年经历留下的一个深刻的印象。许多年前当我还是一个小学生时,看见老师在操场上狠狠地踩一只皮球,因为心疼那只皮球,我像老妇人一样大叫起来:你是神经病啊,好好的皮球,为什么要把它踩瘪?老师勃然大怒,他一把抓住我的手往办公室里拎,边走边说:反了你了,你敢骂老师是神经病?我在办公室里罚站的时候后悔不迭,但后悔已经没用了。我并不认为老师是个神经病,但是那三个字已经像水一样泼出去了,它们已经无法收回。我只能暗暗发誓,以后就是有人把世界上所有的皮球踩瘪,我也不去管他了。

在许多场合我像葛朗台清点匣子里的金币一样清点嘴里的语言,让很多人领教了沉默的厉害。事实上很少有人把沉默视为魅力,更多的人面对沉默的人感觉到的是无礼或无聊。有时一个沉默的人去访问另一个性喜沉默的朋友,其场面会像一部三十年代的默片电影。坦率地说,我本人就经常与性格相仿的朋友在家里上演这种默片。等到对方告辞,两个人的脸上不约而同地掠过一种解脱的表情,一个下午或者晚上互相都觉得是在浪费时间。

但是时间和生活会改变一个人,这些年来我不由自主地体验着自身的变化。这种变化也许始于家庭生活的开始,也许始于几个"多嘴多舌"的朋友的影响,反正我现在开始大量地说话了。大量说话起初是出于需要:妻子需要与我讨论家事国事和其他有用无用的许多事;女儿需要我给她许多胡编滥造的神话故事,需要我给她解释街上广告和店牌的含义;几个谈锋锐利海阔天空的朋友说话时也需要我配合。我总不能无动于衷,光是在一边张着嘴嘿嘿地傻笑,光是点头称是,我总得发表一点自己的见解。渐渐地需要变成了习惯,不管是谁与我交谈,我总是争取比对方多说一些话。奇怪的是我在不停地说话中竟然获得了某种快乐,这快乐是从前与我无缘的,这快乐的感觉有点朦胧有点像拧开水龙头后水喷涌而出的快乐,也有点像铁树开花聋哑歌唱的快乐。话说多了有时会闹出笑话。有个朋友话多,有一次他问别人:明天礼拜几?别人告诉他:明天礼拜天。那朋友又问:礼拜天是星期几?在场的人一时都茫然不知。这是一个真实的笑话,但不知为什么,我一直认为那位朋友很可爱。话多至此,便是说话的人和别人大家的快乐了,即使是一个最沉默的人也会被这种快乐所感染,发出一声含蓄的笑声。

学会说话从某种意义上说就是学会生活。我记得几年前一位远方的客人来访,我怀着惴惴不安的心情与他交谈。客人临别时对我说:你很健谈。我先是惊讶,然后便是一种喜悦了。这种喜悦酷似一只雏鸟刚刚学会飞翔的喜悦。是的,是鸟就必须飞翔,是一个健康的人就必须说话,这就是生活。

生活当然不仅是说话,生活也包括沉默。有时我会怀着怅然之情回顾我的沉默的少年和青年时代,我会思考许多人之所以沉默的原因。我想,有些人沉默是因为不想说话。有些人沉默是因为不善说话,有些人沉默是因为不懂得说话。沉默的人以沉默对待生活,但沉默是一把锁,总会有一把钥匙来打开这把锁,这也是生活。

沉默,然后看见
——《黄雀记》获奖感言

非常感谢六十一位评委的决定。这个决定对于我个人来说,必将成为未来最美好的回忆之一。

此刻我不仅感到高兴,也感到温暖与光荣。这个奖项是荣誉,也是任务。茅盾先生留给世人的一支文学火炬,几十年来的获奖者很像火炬手,我很荣幸成为其中一员。火炬手要奔跑,火焰要燃烧;火炬要向远处、高处,向未来传递,传递一个巨大的文学梦,这当然是庄严而神圣的工作。一切都还要从字与词开始,我们的努力,就是以我们神圣的汉字,讲好更精彩的中国故事、讲好人类未被讲述的严肃的故事。所有的这些故事,其最终价值将交由未来评判,没有人知道那个未来评审团设在何时何处。我们只知道那是一个沉默的评审团,而它的沉默,对于无数写作者来说,构成了永恒的诱惑和召唤。

葡萄牙作家若泽·萨拉马戈在他一部小说卷首写过这样几句话:"你若能看见,就要仔细地看,你若能仔细地看,就要仔细地观察。"从某种意义上说,我们很多人的写作生涯,其实就是从"看见"到观察的过程,或者说,就是一种漫长的无休止的观察生涯。我们感谢文学,首先感谢你能看见,感谢你能仔细地看见,当然,最终感谢的是你能观察。所有观察者的眼睛,都可能是曹雪芹的眼睛,可能是托尔斯泰的眼睛。奇迹会眷顾那些执着的观察者。仅仅是一双眼睛的视野,可以很宽阔很深邃,它有能力也有义务,对时代、对人群、对于整个世界,作出深入的细致的观察。

当然,反观察无所不在。作为一个写作者,我深知有很多眼睛,或者冷静或者热情,它们始终在观察你以及你的创作。毫无疑问,我被"看见"了。被"看见",然后被"观察",那是一种写作的幸运。更幸运的是,今天,评委会将第九届茅盾文学奖授予《黄雀记》,我把它视为一份珍贵的出自六十一双眼睛的观察报告,我必须看懂那报告的内容,正面的内容和背面的内容,除了看懂爱的表达,还有激励,除了激励,还要听到鞭策的声音,以及批评或不满的声音。